再沒有比強盜土匪的冒險故事，
更能引起眾人的普遍興趣了。

——麥法蘭

英國

藏身在艾平森林(Epping Forest)岩洞中的特平(史密斯〔J. Smith〕版畫，1739)。

Robin Hood's Golden Prize.

He met two Priests upon the way,
And forced them with him to Pray,
For Gold they pray'd, and Gold they had,
Enough to make bold *Robin* glad:
His share came to four hundred pound
That then was told upon the ground:
Now mark and you shall here the jest,
You never heard the like exprest.

Tune is, *Robin Hood was a tall young man.*

I have heard talk of bold Robin Hood
derry, derry down,
And of brave Little John,
Of Fryer Tuck, and William Scarlet,
Loxley, and Maid Marion,
hey down, derry, derry down,

But such a tale as this, before
derry, &c.
I think there was never none,
For Robin Hood disguised himself,
and to the green wood is gone.
hey down, &c.

Like to a Fryer bold Robin Hood
derry, &c.
Was accoutred in his array,
With hood, gown, beads, and crucifix,
he past upon the way,
hey down, &c.

He had not gone miles two or three
derry, &c.
But it was his chance to spy
Two lusty Priests clad all in black
come riding gallantly.
hey down, &c.

Benedicite then said Robin Hood,
derry, &c.
Some pitty on me take,
Cross you my hand with a silver groat,
for our dear Ladies sake.
hey down, &c.

For I been wandring all this day,
derry, &c.
And nothing could I get,
Not so much as one poor cup of drink,
nor bit of bread to eat:
hey down, &c.

Now by our holy dame the Priests reply'd,
derry, &c.
We never a penny have,
For we this morning have been rob'd,
and could no money save:
hey down, &c.

I am afraid, said Robin Hood,
derry, &c.
That you both do tell a lye,
And now before you do go hence
I am resolv'd to try.
hey down, &c.

When as the Priests heard him say so,
derry, derry, &c.
They rode away amain,
But Robin Hood betook him to his heels
and soon overtook them again.
hey down, &c.

Then Robin Hood laid hold on them both
derry, &c.
And pull'd them down from their horse.
O spare us Fryer, the Priests cry'd out,
on us have some remorse,
hey down, derry, derry down.

羅賓漢形象一：十七世紀後期的民謠。

羅賓漢形象二：1700 年左右的版畫作品。

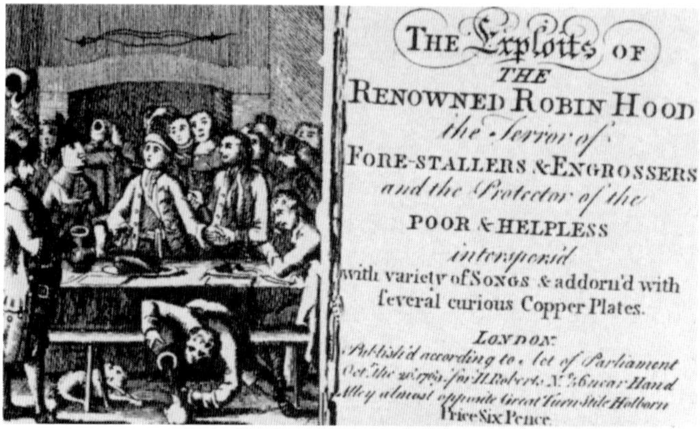

羅賓漢形象三：1769年出版的歌本。圖中爲羅賓漢與母親在賈姆威大廳(Gamwell Hall)接受賈姆威大爺的款待。此說已爲十八世紀的英國所接受。

羅賓漢形象四：由埃洛弗林扮演這名俠盜的好萊塢版傳奇。

山谷中的大王：高地亡命徒的粗獷風霜，經美化後出現在維多利亞讀者的舞曲封面上。

法國與德國

卡杜什(1693年？生於巴黎，1721年伏法)，是當年最有名的大盜，也是大衆圖書裡最受歡迎的人物。

Cartouche trinckt mit Schergen
Wird verfolgt u. auf ihn geschossẽ
amerad
Wird gefange genomen
Cartouche im Gefangnuß.

當時一張宣講卡杜什事蹟的日耳曼圖紙，圖中多爲城市犯罪的情形。

申德漢(1783-1803)，原是犯罪型的普通搶犯，卻在萊茵谷地農民中榮獲社會型盜匪的光環。圖示他正在搶一名猶太人。

申德漢伏法圖，採自某部德文傳記。注意圖中所示乃傳統的「死亡宣告」手勢。

Die

Räuber.

Ein Schauspiel.

Frankfurt und Leipzig,

1781.

高級文學裡的盜匪，此圖爲席勒《強盜分子》劇本的封面。

Frankreich räumt auf

Das Ende der Banditen auf Korsika

Romanetti, der letzte „König der Banditen", läßt sich photographieren. Der elegante junge Herr rechts [illegible] sein Sohn.

In Sizilien ist es gelungen, das zwar romantische, aber doch gefährliche Banditentum auszurotten. Um so aufgeregter ist die französische öffentliche Meinung darüber, daß Korsika vom Banditentum in viel größerem Maße als vor vielen Jahrzehnten unsicher gemacht wird.

Die Zeit der Heldentage der Banditen ist vorüber. Diese romantische Epoche schließt ungefähr zu jener Zeit, als es fast so weit war, daß die großen Reiseagenturen in ihren Ausflugsprogrammen einen Banditenüberfall in Aussicht stellten. Schon die Auffassung, daß ein Bandit im alten

Giuseppi, ein berufsmäßiger Hehler und Organisator verbrecherischer Ueberfälle, bekam 20 Jahre Zwangsarbeit

現代版的科西嘉盜匪羅馬內帝(N. Romanetti, 1884-1926)，是繼貝拉科西亞(Bellacoscia)之後的科島頭號大強盜，後者在打鬥中身死。右上方戴傳統式帽子者係一名較早期的強盜。

浪漫形象不存的盜匪：西班牙大畫家哥雅(Goya)作品《群盜攻擊載客馬車》(1792-1800)。這名畫家畫過多幅同類題材的作品。

威廉斯(John Haynes Williams, 1836-1908)筆下盜匪的浪漫形象。這位畫家的每幅作品，都是一個維多利亞式的故事，主角多爲西班牙強盜與鬥牛士。

西西里木偶戲：右邊是大仲馬小說的主角，名盜布魯諾(Pasquale Bruno)。盜匪題材是法國武士之外十九世紀木偶劇的另一生力軍。

民衆眼中的加泰隆尼亞強盜形象。里坡耳(Ripoll)還願人眼中最典型的高山武裝男子。

西西里陶塑小人(Caltagirone，可能是專長製作強盜題材的波納諾〔F. Bonnano〕所塑)。作品中顯示一名有錢的地主被擄。注意人物穿著的傳統披風，以及強盜頭上的滑稽帽子。

西西里農家木刻，來自十九世紀的敍拉古(Syracuse)地區。圖中爲兩名強盜綁在一起，兩旁有警方的騎兵與步兵。

墨索里諾，1875年出生於聖史泰法諾(San Stefano, Aspromonte)，1897年被冤下獄，1899年逃獄，1901年再度被捕，於獄中一共待了四十五年，最後發瘋，死於1956年。他的名聲遠播，極受愛戴，遠出故鄉卡拉布里亞地區。

強盜區：薩丁尼亞的巴巴吉亞(Barbagia)。義大利導演狄塞塔在電影《大盜歐哥索諾》(De Seta, *Banditi ad Orgosolo*, 1961)片中，再現這個盜匪窩裡一名強盜的一生。

貝雷(Charles-Alphonse-Paul Bellay, 1826-1900)筆下浪漫化的強盜形象，這位經常在巴黎沙龍展出的多產畫家，特別喜好義大利型的強盜。

朱里亞諾生前。這位義大利最有名的強盜，是新聞記者鏡頭下經常捕捉的人物，而且常把他的形象照得很好。

朱里亞諾死時。1950年7月5日，卡斯特維特拉諾(Castelvetrano)某處中庭。警方宣稱這是他們的功勞，不過頗爲可疑。注意圖中的手槍及輕機槍。

朱里亞諾黨人埋伏行動。狄羅西的鉅片《朱里亞諾》(Francesco de Rosi, *Salvatore Giuliano*)，在實地拍攝。

1960年代的薩丁尼亞。捉拿強盜的海報，每個人頭的賞金由二百萬到一千萬不等。巴巴吉亞高地在1960年代依然有強盜爲患。

大衆小說裡的詹家英雄檔(Chicago, 1892)。詹氏兄弟專門愛搶火車，
也許正因此聲名大噪。

上：傑西詹姆斯(1847-82)，他與其兄法蘭克(1843-1915)，是美國歷史上最出名的社會型盜匪。傑西生於在密西根州，也死在那裡，在美國南北戰爭之後(1866)組成他的隊伍。

下：西部傳奇裡的傑西詹姆斯。亨利方達在亨利金執導的電影《傑西詹姆斯》(Henry King, *Jesse James*, 1939)裡，飾演這位知名大盜。

上：藍彪，巴西有名的強盜英雄。此圖是東北地區某部詩歌作品的封面，1962年在聖保羅出版。

下：大強盜變成全國性的傳奇，全賴知識人妙筆生花之助，此圖為巴西電影《岡加塞洛》(*O Cangaçeiro*, 1953)的劇照。那頂花俏的翻簷大帽子，是當地版的大簷帽。

大盜「潘喬」維亞。這是他1913年底出任革命將領時的照片。

Подлинное изображение
бунтовщика и обманщика
Емельки Пугачева.
Wahre Abbildung
des Rebellen und Betrugers
IEMELKA PUGATSCEW

十八世紀版畫作品，哥薩克革命黨人普加喬夫(1726-75)，曾於1773至1775年率領大規模人民起義。他與1667至1671年的叛亂首領，也是民歌最愛的英雄「史丹哥」拉辛，是來自同一村莊的同鄉。

右：黑盜客革命人：保加利亞大盜、愛國志士、自傳作者、1867到1868年全國性叛亂的首領希拓夫(1830-1918)。

左：希臘剋雷夫形象；中立一人是1900年代初期馬其頓地區的希臘強盜頭子弗拉尼斯(Giorgios Volanis)。注意這些戰士身上的裝飾。

巴爾幹的非正規軍：加雷菲茨(Constantine Garefis)及其隊伍(募自奧林帕斯山區)，攝於1905年左右。

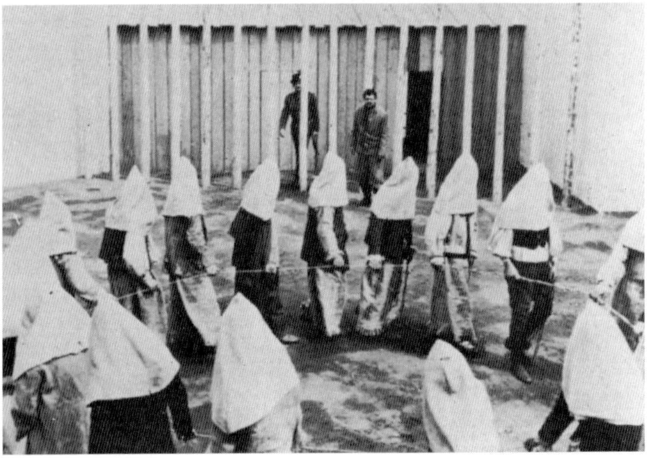

上：平原地上的強盜：匈牙利大盜兼游擊分子駱查(1813-78)於獄中。十九世紀石版畫。此人從1841年起即爲強盜頭子，1849年後成爲國家游擊隊，1856年被捕，1867年被赦。

下：傳奇中的駱查。楊克索影片《圍捕》(Miklos Jancso, *The Round-Up*)中一幕，此片描述駱查爲朝廷追捕過程。

右：十六世紀行者武松像。武松因報仇殺人落草，書中形容他高大英俊，孔武有力，英勇，善於用兵，好飲酒。

左：兩頭蛇解珍，《水滸傳》一名次角。此人來自山東，自幼爲孤兒，狩獵爲生。書中形容他高大，黝黑，瘦削，脾氣暴躁。

爲海盜出沒之地。由於圖片拍攝時間適逢叛亂期間，因此此處被殺者不知是海盜、

1891年九龍，南澳海盜處決照，圖中站立者爲英國「官人」。南澳是汕頭外一島，向
叛軍，抑兩者皆有。

上：四川省儸儸族強盜。打家劫舍，原是邊疆部落的重要生計之一。

下：平達里人(Pindaris)被形容爲印度「知名的職業強盜階級」，與馬拉塔人(Marathas)勾結，並在後者的行動中一起打劫。經英方安撫綏靖後，餘黨定居以農爲業。

強徵者

右：「卡莫」(1882-1922)，來自亞美尼亞的布爾什維克黨人，以強悍勇敢的行動派聞名。1907年的提弗利司大搶案即係他一手煽動而起。

左：「奇哥」薩巴德(1913-60)，加泰隆尼亞無政府主義者與強徵黨。此幀照片攝於1957年，顯示他一身穿過邊界山嶺的裝束。

盜匪的藝術形象

莊嚴造像：《群盜頭像》(*Heads of Brigands*)，義大利藝術家羅薩(Salvator Rosa, 1615-73)所作。

華美造像：《強盜頭子》(*Captain of Banditi*)，十八世紀以羅薩作品爲本的版畫。

野蠻造像：哥雅以盜匪爲題目的系列作品之一。

感性造像：《亞平寧之盜》(*Bandit of the Apennines*)，英國皇家學院院長伊斯特萊克爵士(Sir Charles Eastlake, 1793-1865)所作。

劇場造像：湯瑪斯(J-B. Thomas, 1781-1854)《群盜》劇中一幕。

歌劇造像：《被出賣的強盜》(*The Brigand Betrayed*)，韋爾內(Jean-Emile-Horace Vernet, 1789-1863)作。他特別擅長將富有異國情調的場面改編給布爾喬亞觀衆觀賞。

強盜做爲一種象徵：《大盜凱利》，澳洲畫家諾蘭(Sidney Nolan)所繪的系列作品之一，描繪這位一身自製盔甲的叢林名盜。

歷史選書21

盜匪

從羅賓漢到水滸英雄

BANDITS

著＝艾瑞克・霍布斯邦
(Eric J. Hobsbawm)
譯＝鄭明萱

歷史選書 21

盜匪：從羅賓漢到水滸英雄

BANDITS

◉著者……………………………艾瑞克‧霍布斯邦（Eric J. Hobsbawm）
◉譯者……………………………鄭明萱
◉編輯委員………………………詹宏志　盧建榮　陳雨航　吳莉君
◉責任編輯………………………吳莉君

◉發行人…………………………陳雨航
◉出版……………………………麥田出版股份有限公司
◉發行……………………………城邦文化事業股份有限公司
台北市信義路二段 213 號 11 樓
電話：2396-5698　傳眞：2357-0954
◉郵撥帳號………………………1896600-4　城邦文化事業股份有限公司
◉香港發行所……………………城邦(香港)出版集團
香港北角英皇道 310 號雲華大廈 4／F，504 室
電話：25086231　傳眞：25789337
◉印刷……………………………凌晨企業有限公司
◉登記證…………………………行政院新聞局局版臺業字第 5369 號
◉初版一刷　1998 年 4 月 1 日

ISBN：957-708-526-1　售價：240 元
版權代理◉博達著作權代理有限公司　
Printed in Taiwan

作者簡介

艾瑞克・霍布斯邦(Eric J. Hobsbawm)

享譽國際，備受推崇的近代史大師。

一九一七年出生於埃及亞歷山大城的猶太中產家庭。父親是移居英國的俄國猶太後裔，母親則來自哈布斯堡王朝治下的中歐。一九一九年舉家遷往維也納，一九三一年徙居柏林。在一次戰後受創至深的德奧兩國度過童年。一九三三年因希特勒掌權而轉赴英國，完成中學教育，並進入劍橋大學學習歷史。一九四七年成爲倫敦大學伯貝克學院講師，一九五九年升任高級講師，一九七八年取得該校經濟及社會史教授頭銜，一九八二年退休。之後大部分時間任教於紐約社會研究新學院，是該校政治及社會史榮譽教授。

霍氏是英國著名的左派史家，自十四歲於柏林加入共產黨後，迄今未曾脫離。就讀劍橋大學期間，霍氏是共產黨內的活躍分子，與威廉士、湯普森等馬派學生交往甚密；在一九五二年麥卡錫白色恐怖氣燄正盛之時，更與希爾等人創辦著名的新左史學期刊《過去與現在》。馬克思主義者的政治背景雖令霍氏的教職生涯進展艱辛，但卻使他與國際社會間有著更廣泛的接觸經驗及更多的研究機會，從而建立了他在國際上的崇高聲譽。

霍氏的研究時期以十九世紀爲主，並延伸及十七、十八和二十世紀；研究的地區則從英國、歐陸，廣至拉丁美洲。除專業領域外，霍氏也經常撰寫當代政治、社會評論，歷史學、社會學理論，以及藝術、文化批評等。他在勞工運動、農民叛變和世界史範疇中的研究成果，堪居當代史家的頂尖之流，影響學界甚巨；而其宏觀通暢的寫作風格，更將敍述史學的魅力擴及一般閱聽大衆。如《新左評論》名編輯安德生所言：霍氏不可多得的兼具了知性的現實感和感性的同情心。一方面是個腳踏實地的唯物主義者，提倡實力政治；另一方面又能將波希米亞、土匪強盜和無政府主義者的生活寫成優美哀怨的動人故事。

霍氏著作甚豐，先後計有十四部以上專書問世，包括：《革命的年代》、《資本的年代》、《帝國的年代》、《極端的年代》、《盜匪》、《民族與民族主義》、《原始的叛亂》、《論歷史》（以上各書將由麥田出版中譯本）、《爵士風情》等書。現居倫敦。

譯者簡介

鄭明萱

台灣政治大學新聞系畢業，美國香檳城伊利諾大學廣告碩士，美國北伊利諾大學電腦碩士。現任美國電報電話公司專案經理，業餘從事文字工作。著有《多向文本》，譯有《制憲風雲：美國立憲奇蹟》、《極端的年代》等書。

目錄

原序

艾瑞克・霍布斯邦

本書除第八章係根據第一手研究所成，其餘多根據已出版的材料，但是其中某些資料亦彌足珍貴，不易取得。書中無數國家，作者或不諳其文字，或難獲其書刊，所賴者唯有向友人、同事請益，甚或得其主動熱情相助方始完成。諸如論及保加利亞、希臘、匈牙利、俄羅斯、土耳其、突尼西亞等地強盜的文字，即屬此類；有關拉丁美洲、印度次大陸、義大利、西班牙等國的部分敍述，亦蒙指點。在此對諸位博學多聞的羅賓漢迷，謹致無限謝忱。英美兩地多次研討會上批評指教，同樣獲益匪淺，俱爲作者點出更多資料來源。並謝謝哈佛大學威德納(Widener)圖書館，誠爲作者所知的最佳研究所在。各章所引註腳、書目，雖已盡量減低，亦是需要表達感謝之處。尤要感謝羅馬的克里亞(Enzo Crea)、巴黎的泰亞(M. Antoine Tellez)，以及阿根廷廈谷(Chaco)小鎭地區潘帕格蘭特(Pampa Grande)的何塞(Sergeant José Avalos)，此君原爲當地警察，現改務農，當年任警職時曾追捕哥利安提(Corrientes)及廈谷地區衆盜，雖然公任在身必須執行追捕職責，對各盜亦頗敬重。何塞話當年的回憶，在在印證本書第三章所敍各項論點，作者未能在完稿前即識何塞君，誠爲一大憾事。

方法學上，有兩件事必須提及：其一，本書致力闡釋盜匪之所以成爲歷各代、放四海而一致的現象。這項立論的眞確性可否檢驗？就其預測性的準確度而言，答案是爲肯定。因爲整體言之，可以據此推論其他尙未研究地區的盜匪，以估其行事作風，以及後人對其人其事將有何種傳述。本書所用的強盜「模式」，係以作者所著《原始的叛亂》(*Primitive Rebels*)爲本再加延伸。前書雖專論歐洲——以西、義兩國爲主——其旨應與本書所論相合。然綜合概括性愈甚，則細微之處必有所失，自是在所難免。

其二，本書所引資料，其歷史性可謂尷尬，因多爲詩歌、民謠類者。就盜匪的歷史事實而言，諸如此類的群衆記憶與傳說迷思即使都有所本，除偶爾提供當時社會時代背景可供參考之外，餘者顯然俱不足採信。難處則在「迷思」也者，究竟對盜匪行爲模式的眞相有幾分反映作用？換言之，強盜人等，究竟做到幾分農村人生舞台賦予他們的社會角色？兩者之間，必然有所關聯。希望作者立論不致太過，有失「常識」範圍。

以上各項觀察，實係針對社會學家及社會歷史學家而發，兩方面的學者都已經對強盜發生濃厚興趣。然而筆者更衷心希望，能夠欣賞本書、並從中獲益的對象，不僅限於前二者，而能包括所有持有同樣看法的讀者，也就是稍早亦曾就此課題著有專書的麥法蘭(Charles Macfarlane)所言：「再沒有比強盜土匪的冒險故事，更能引起眾人的普遍興趣了。」❶這句話眞可當做本書題銘。

書中各幀附圖的取得及標明，特別要感謝以下諸位的協助：索菲亞(Sofia)的茨維特科瓦(B. Cvetkova)教授，倫敦大學亞非學院(School of Oriental and African Studies)的庫文(C. A. Curwen)，布萊克本夫人(Fei-ling Blackburn)，羅傑斯(Richard Rogers)，以及布魯克納(Georgina Brückner)。

倫敦，一九六九年六月

---

❶ Charles Macfarlane, *The Lives and exploits of banditi and robbers in all parts of the world*, London, 1833.

美國版序

艾瑞克・霍布斯邦

本版雖稍有擴增潤飾，基本立論不變。各界對本書最主要的批評，係布洛克(Anton Blok)所提出的意見，他認爲俠盜(noble bandit)也者，如羅賓漢等，幾乎全屬神話迷思，無法反映社會型盜匪的眞面目，徒然是民眾一廂情願的想像，希望強盜們——或某某人——能達到這項高標準；而現實生活中的眞強盜，卻對眾人一視同仁，遇上農民百姓也照搶照殺不誤，因此斷斷不能採信。此說本人恕難同意。誠然，十惡不赦的大惡棍如格拉瑟(Johann Georg Grasel)者——專在下奧地利(Lower Austria)西北一帶作案的黑社會犯罪分子，一八一八年在維也納伏法——也曾被小老百姓賦予羅賓漢的高貴特色。吾友艾斯勒(Georg Eisler)即曾告訴我有這麼一號人物。可是筆者認爲，歷史上亦有相當證據顯示，至少確有某些強盜，富有羅賓好漢的眞精神。仔細的讀者，當發現作者不曾表示「俠盜」爲一普遍現象。

本版增補的資料多來自拉丁美洲，另外亦有熱心讀者提供其他建議與參考材料，益增添補充實之效。康特利(Carlo Canteri)促使作者注意，十九世紀初期澳州塔斯馬尼亞島(Tasmania)曾有一群由逃犯組成、寄生於罪犯社會的強盜。墨爾本(Melbourne)的帕森斯(George Parsons)指出在都市之中，也有類似社會型盜匪的存在，如一九七〇年因搶銀行罪名被捕的達西杜根(Darcy Dugan)即是。帕森斯寫道：

> 杜根在一九五〇年代的地位，幾乎可以被視爲社會型盜匪。他因一連串搶劫罪名被捕，澳大利亞工人階級卻認爲多數案子根本就是他人所犯，只是警方不能也不願逮捕眞兇，便全部栽到他的頭上。杜根有慷慨之名，一向被視爲羅賓漢一流的人物，至少在雪梨(Sydney)一地如此……我記得，在一處港灣的小酒吧裡，有位常客這麼說道：「達西眞是名紳士，他們想弄掉他，因爲他是社會主義者，抗議資本主義。殺人犯，他們懂，像達西這種人，卻完全不能了解。」一九六七年出獄後，他好像到一處很糟糕的社區從事社會工作，因爲他的名氣大，做得很有成效。

我們可以拿他跟另一名都市型的搶匪做比較，也就是諢名「破衣丘喬」(Chucho El Roto)的阿里亞加(Jesus Arriaga)，「俠盜」之名聞於全墨西哥，廉價小説的作者還給他冠上意識形態的美名，

認爲「他是在社會主義理論的激勵下，發動其報復、抗爭之舉」。❶

倫敦大學亞非學院的雷斯朋(Richard Rathbone)則建議，也許我們也應該更深入探討撒哈拉以南非洲的社會型盜匪。雷斯朋本人在迦納(Ghana)做過實地田野調查，因此知悉該地「曾經有過、甚至可能依然存在著一批頗有綠林風格的可可走私販子，不定期將貨物冒險運出迦納，進入多哥(Togo)。他們出手的闊綽，尤其引人注意，在一個相對比較起來不可不謂貧窮的地區，像他們這種大手筆消費，花錢如流水的作風極爲罕見。埃維人(Ewe，編按：主要居住於多哥共和國及毗鄰迦納東南部一帶的民族，總數約一百二十萬人。目前分布於不同的非洲獨立國家之內，但一個追求全體埃維人統一的政治運動始終持續)有歌謠傳講他們與邊界守衛及警方的接觸戰」。他們既反對殖民政府，也與迦納獨立領袖恩克魯瑪(Nkrumah)作對，支持多哥國會(Togoland Congress)的泛埃維族黨。「我敢說，類似的故事，可在全非洲各地找到。」柏莫洛(William Pomeroy)則表示，「一頁菲律賓的歷史，尤其在十九世紀及二十世紀，充滿了社會型盜匪及千禧年運動的事例。」他本身與虎克黨(Huk，編按：「虎克」爲「人民抗日軍」的縮稱，該黨係菲律賓的左翼民族運動組織)游擊隊接觸的經驗，即證實這個印象。汪格曼(Ernst Wangermann)也指出，十八世紀末期某位日耳曼強盜，巴伐利亞之希艾索(Bavarian Hiesl)，亦頗有羅賓漢的色彩。

最後，尚有許多友人指出，社會型盜匪與社會革命之間的關係，可以用印度比哈地區(Bihar)一位頗爲出名的農民戰士的一生繪出。這位仁兄在經過各種不同的反抗生涯之後，最後加入印度共產黨(C.P.I.)。然而由於他已經太習慣當年做羅賓漢時「左手劫之於富，右手便立即散之於貧」的作風，現在叫他「改邪歸正」，變成替組織籌錢，實在是一件很困難的事。因爲他舊習難改，一搞到錢，馬上就分送出去，卻不知交給上級。兩種不同性質的反抗行爲之間，習慣、做法，如此大相逕庭，要合併何其困難……

以上及其他各處來鴻，作者在此謹致萬分謝意，同樣要感謝提供進一步印刷品材料來源的朋友，本版增補時已經採用其中部分資料。

倫敦，一九七一年八月

❶(Anon.) *Chucho El Roto o la nobleza de un bandido mexicano*, Mexico, 1963, p.68.

盗　匪

從羅賓漢到水滸英雄

BANDITS

第一章　何謂社會型盜匪

沒錯，我們是無可救藥，不過，這是因爲別人老是要迫害我們。老爺們有筆桿，我們有槍，他們是大地主，我們，是山大王。

——洛卡曼多菲(Roccamandolfi)的一名老土匪❶

從法律觀點來看，任何人只要結夥以暴力攻擊搶劫，都算強盜。不管他們是在城裡的街頭搶薪餉包裹，還是進行有組織的民變，甚或一般不被正式視爲強盜的游擊隊，都包括在內。但是，歷史學家和社會學家可不能採用這麼粗糙的定義。本書所談的盜匪，係專指某一類強人，也就是一般輿論不把他們看做普通罪犯的人物。基本上，我們討論的乃是農村社會中個人或少數群眾的叛變現象。同時爲討論方便起見，這等人在都市中的同類亦予除外。至於另一批爲數較多、流竄鄉間的亡命客，更不在此處考慮之內，因爲這等人不論出身或效忠對象，都與農民沒有關係，只不過是一些窮途潦倒因而下海的士紳之流。城鄉之間，這兩種不同的人類社會環境差異太大，很難擺在一起並比討論。而且，鄉裡的強盜，也跟多數鄉下人一樣，對城裡人深惡痛絕，根本就不信任他們。但是另一類紳士級的強盜——尤以中古後期日耳曼境內專搶過境旅客的「強盜貴族」(robber knights)最爲人所熟悉——跟農民的合流程度卻密切多了，雙方關係相當曖昧複雜，後文將續有介紹(頁一二六)。

本書所指的社會型盜匪(social bandits)，重點在他們都是出自鄉間的不法之徒，雖然是地主及官府眼中的罪犯，卻始終留在鄉間社會，更是同鄉老百姓心目中的大英雄，是爲眾人爭權益、尋正義的鬥士及復仇者，有時甚至是帶來解放、自由的領導人物。總而言之，鄉民崇敬他、擁戴他，樂意助他一臂之力。明明是無法無天的造反、搶劫者，卻與一般農民百姓存在如此不尋常的關係，這正是社會型盜匪現象既有趣又有意義的地方，愈顯出它與另外兩種農村型罪犯的不同：一是職業性「黑社會」的流氓行爲，也就是區區一般的「普通強盜」（common robbers）；一是專門以打家劫舍爲生的強盜村莊或部落，如阿拉伯的貝都因人（Bedouin）即是。在後兩種情況裡面，被劫者與搶劫者彼此是陌生人，雙方處於敵對狀態。來自地下社會的搶匪，把鄉民視做掠奪的餌食，也知道老百姓恨他們入骨。而受害的一方呢，則根據自己的定義，把這些強徒看做十惡不赦的匪徒，並不僅僅是從官方法律的角度判定而已。可是換做社會型盜匪，如果竟然也吃起窩邊草，出手去搶自家地盤裡的農家（地主、領主的田產則不受此限），那簡直不可思議。範圍所及，甚至連其他任何地方的農戶莊稼也同樣秋毫無犯。犯了這個條例，就是破壞了這種特殊關係，就不成其「社會型」的盜匪。當然，這種一是一、二是二的分別，事實上做到的程度常常不及理論來得明確。某人在自己家鄉山上可能是社會型的盜匪，到了平地就成爲普通強盜。但是爲分析之故，我們還是要確立其中分野。

這一型的社會盜匪，是歷來最普遍、一致性也最高的的社會現象之一。尤可異者，各地事例幾乎都可歸納成兩三種相關性極高的類型，基本上大同小異，只在表面上稍有出入。更有甚者，它們面貌性質的雷同，並非出於文化的傳布感染，而是反映四海之內各地農民社會的同質性。不論中國、祕魯、西西里、烏克蘭、印度尼西亞，農民所處的境遇都極類似。以地理的分布而言，盜匪現象遍及南北美洲、歐洲、伊斯蘭世界、南亞、東亞，甚至連澳洲也不免。就社會類型來看，從猶處進化階段的部落氏族組織，到現代資本工業社會之間，各種人類社會幾乎全部涵蓋；至於親族關係逐漸解體，正在轉型進入農耕資本社會的各個階段，自也不能倖免。

侵襲劫掠一事，對部落或氏族社會可謂家常便飯。不過這類社會由於缺乏內部層級分化，不足以成就強盜做爲一種社會抗議、反叛的代表形象。但是一旦發展出本身的社會階級系統，或身不由主，被併入以階級衝突起家的更大經濟體制之後，這類社會出現社會型盜匪的比例就比一般高出許多，如薩丁尼亞(Sardinia)、匈牙利康撒各區(Hungarian Kuncság)——庫曼族(Cumans)所在地，係最後一批在歐洲定居的中亞遊牧民族——即是二例。尤其是那些本來就對械鬥、侵襲之事司空見慣的群落，如獵牧人家，更是如此。不過當我們考查這類地區，有一事卻很難肯定：亦即侵犯爭競的械鬥行爲，究竟是在什麼節骨眼上，開始演變成社會型的盜匪現象？其起因是因爲對抗當地富戶，或外來侵壓者，還是抵制其他有破壞傳統之嫌的勢力？——在盜匪心裡，這三者可能屬於一體，事實上更係如此——運氣好的話，也許可以將關鍵的轉型時期鎖定在一兩代時間以內，如薩丁尼亞高地的盜匪之起，便係發生在一八八〇年代到一九三〇年代的五十年間。

移到歷史演進的另一端，到了現代化的農耕系統，不論是資本主義或後資本主義時期，都與傳統的小農社會大異其趣，因此也就不可能繼續產生過去那種社會型的盜匪了。羅賓漢，是全球社會型盜匪族的標準原型，可是當年爲我們推出這位俠盜的國家，自十七世紀初以還，史冊上便可謂不復記有任何眞正的正宗社會型盜匪了——雖然一般輿情仍不肯死心，不時總要在其他類型的罪犯中間，比方攔路強盜，找出一兩位其實並不十分搭調的替身，以滿足理想化的浪漫情懷。就比較廣義一面而言，「現代化」帶來了經濟開發、便捷的交通運輸、公共行政，可以說一舉將各種強盜族——包括社會型強盜在內——藉以生存活躍的社會條件鏟除淨盡。即以沙皇治下的帝俄爲例，一直到十八世紀依然猖獗於全國各地的強盜土匪，進入世紀之末，即已在城鎮內外廓然一清，再也不見蹤影，及至十九世紀中期，一般而言，都已退至荒山野地等未靖之處，主要是少數民族居住的地區。一八六一年俄國全面廢止農奴制度，更爲多年來不斷頒布的治匪詔令劃下句點。最後一個這樣的詔令，頒布於一八六四年。

但是就其他方面來說，社會型盜匪現象卻是各處農業社會(包括畜牧型經濟在內)共有的現象。而且同有一個特徵，就是其社會成員多爲小農、或本身沒有土地的勞動人口，眾人同受第三者的統治、壓制、剝削。這施行統治剝削的第三者，可能是地主、城鎮、政府、律師，甚至銀行。所展現的社會型盜匪文化，則不出三種主要形式，本書將分別以篇章討論：一是有貴族風格的**俠盜**(noble robber)，即羅賓漢型的義賊；二是草莽式抗暴分子，或筆者稱之爲**黑盜客**(haiduks，編按：鄂圖曼帝國時期流竄於歐洲鄉間的土匪)的游擊隊伍；三是大概可歸類於恐怖型的**復仇者**(avenger)❷。

農民落草爲寇的現象到底有多普遍，並不容易斷定。紀錄所載的盜匪事例雖然多如牛毛，卻很少眞正列舉一時一地的全體徒眾數目，不同時期之間的量化比較不多見。不過一般說來，數字顯然不會太大。即使在一九四八年後哥倫比亞內戰最動盪無序的年代，哥國匪患最烈的地帶，也只供得起不到四十批農民武裝團體。若以每夥人十到二十名爲計(這是一般強盜隊伍最常有的人數，不分時代地域，一致程度令人訝異)，這個擁有一百六十六個農墾區，以及六、七十萬農業人口的方圓兩萬三千平方公里境內，約略有四百至八百名的好漢❸。比較起來，巴爾幹半島的馬其頓(Macedonia)以其一百萬左右的人口來說，二十世紀初年的盜匪比例可謂偏高。不過這些團體背後，多有各個不同政黨政府支持奧援，而非本地原有的土產性烏合隊伍，其中所代表的意義，自然大爲不同。但是縱使如此，全部人數最多也不可能超過一、兩千人❹。如果說，我們假定一地的強盜人口，最多不超過該地農業人口的百分之零點一，這個估計，鐵定還太寬了呢。

當然，大同小異之外，各區之間還是有相當出入，地理因素、技術條件、行政管理，以及社會經濟結構，都是造成差異的可能原因。眾所皆知，那些鞭長莫及、交通不便的邊區，如高山峻嶺、人蹤不至的林野、沼澤，或河汊交錯的水域，往往是匪患猖獗的盜鄉。商旅必經的貿易路線及主要幹道，更是盜匪最喜歡出沒的地帶。在工業化降臨以前，想當然耳，這類行程必然極爲緩慢累贅。而現代化建設一來，單單是平整快捷的大道，就足以扼殺盜匪族的大半生機了。行政效率低落、境內組成複雜，也是促成盜匪出現的因素。難怪十九世紀兩大古老帝國之一的哈布斯堡王朝管制匪患的效果，就顯然比搖搖欲墜、事實上等於各地分治的土耳其帝國要高明許多。至於邊陲地帶，更是盜賊叢生不絕的標準頭痛地區——尤其如擁有眾多邊區的中德，或如印度這種依違於英國及眾多小王國之間的地帶，那就更熱鬧了。通常最理想的搶劫者天堂如下：當地官廳係由本地人出任，地方上狀況複雜，而且不出幾哩路，就脫離前一官的管轄(或他的熟悉範圍)，進入下一官的地界，後者根本懶得多管閒事，對於「境外」，也就是自己地盤以外發生的任何麻煩，概不憂心。有些地區，盜匪特別猖獗，早爲史家所悉，如俄羅斯便有這樣一份素多匪患地區的名單❺。

可是盜匪之風特盛，並不能完全用以上這些顯而易見的因素解釋。比方說，過去的中國朝廷即因某些地區匪患特烈，甚至得頒布法令，將之劃爲「匪鄉」(brigand areas，如川、湘、皖、鄂、晉，以及蘇、魯的部分地區)，與其他安良百姓的區域劃清界限，其因安在❻？又如祕魯的塔克納(Tacna)及莫克瓜(Moquegua)兩地，照條件看似乎很適合培養盜匪，事實卻恰好相反，理由何在？有歷史學家專門研究這個問題，認爲其中原因出在「這兩地沒有地主、豪門，沒有老闆、包商、工頭，沒有人對水源握有獨一無二的絕對主權」❼。換句話說，因爲農家小戶的不滿情緒較低。反之，十九世紀之際北爪哇(North Java)的萬丹(Bantam)一帶，卻盜賊蜂起，民變迭生。因此，只有透過深入的區域研究，才能解釋其中奧妙：爲什麼在同一國家或區域裡面，獨有幾處匪患特盛，其他地方卻極輕微。同理，只有經由精詳的歷史研究，方可參透「貫時性的現象變化」(diachronic)。不過一般而言，依然可以整理出下面幾項共相。

通常經濟不安天下飢貧之際，盜匪特別猖獗。十六世紀末期，地中海一帶突然匪盜大增——法國史家布勞岱(Fernand Braudel)即曾對此特別注意——反映出當時小農生活條件的顯著低落。同理，印度烏塔爾省(Uttar Pradesh)的阿赫里亞(Aheriya)族人，雖世代以狩獵、捕鳥、偷盜爲生，「卻直到一八三三年大饑荒際，方才鋌而走險，幹起那攔路搶劫的勾當。」❽落草周期性較短者，則有近至二十世紀六〇年代薩丁尼亞高地的事例：每年牧人佃租到期，盜匪活動的頻率也同時達到高潮。這些因果關係的直接簡單，幾成老調，一經白紙黑字寫下即可不言而喻，無須多做解釋。但是歷史學家的講究卻不同，我們必須將其中具有歷史關鍵性變動意義的危機，與其他枝枝節節的小變小動分別出來。當然，對於身爲當事人的小農而言，雖然身處變中，卻不見得明白，最多只有在事後慢慢回味之中，才能領悟出巨變與小變的不同之處。

傳統的農業社會，一向習於荒年、天災等周期性的饑饉，不時更會碰上由人禍釀成的大難——這些是他們本身完全不能預測防範、卻遲早都會臨頭的禍害——如戰爭、外來侵佔、中央行政組織崩潰(小民本身，是龐大治理機構治下遙遠渺小的一支)等等。天災人禍時期，各式各樣的盜賊往往隨之更盛。一切亂象，最後都會過去，可是政治及戰事造成的紛亂，卻可能留下一時不易抹去的後患：打家劫舍的強盜夥、各種名目的亡命徒，常常為患甚久，在當局力量不振或政局分裂時尤為嚴重。因此十八世紀的法蘭西，由於已是著有效率的現代民族國家，方能在大革命後區區幾年之間，便將一七九〇年代橫掃萊茵地區(不屬社會主義一路)的猖獗匪患剿清。相對在日耳曼地區，三十年戰爭的兵燹，使社會為之瓦解，留下來的是盜匪縱橫密織，擾攘了至少又是百年。不過就農業社會而言，經過一場打亂傳統平衡狀態的大亂之後，通常一切都會恢復常態(常態也者，包括正常時少不了的社會型與他類盜匪)。

若用地理學的名詞做類比，一地一時的地理現象，如日本地震、低地國洪水，與造成長期地理變化或不可挽回的大變動，如冰河移動、土壤流失等截然不同，兩者雖然都帶來地貌變化，其衝擊久暫卻不能相比。盜匪現象亦如是。當盜匪風震撼的強度有如長期的地理大變動時，就不僅僅是一批好漢聚在一起，寧以武力強搶所需，也不願白白坐等餓死那麼簡單了。他們的行動，可能反映整個社會的崩潰；可能象徵新階級、新社會結構的興起；也可能表示全區或全民起來力挽狂瀾，以圖拯救原有生活方式於毀滅。或如中國歷史所示，意味著「天命已竭」——而非偶然性的社會崩潰——預告著歷史循環又一長波告終，一朝將滅，一朝將興，又要改朝換代的開始。遇上這種時節，盜匪之起，也許根本就只是下一波大型社會運動（如農民革命）的先聲，或與其相伴而來。另外一種可能，則是盜匪階級為因應新的社會政治情況，本身有所適應調整，不過如此一來，就鐵定無法再成其原始意義的社會型盜匪了。近兩百年來，人類世界最具代表性的現象，就是由前資本主義過渡到資本主義經濟社會，於是在社會變遷轉型的過程中，一向係培養盜匪溫床的農業社會遭到徹底毀滅，而本書主題所在的這一段時代歷史，也因之宣告結束。十九、二十世紀之於世界許多地方，正如十六、十七世紀之於大部分歐洲一般，可謂盜匪「盛世」。可是如今除了極少數幾處特例之外，多半都已絕跡。

遍數今日歐洲，應該只有薩丁尼亞高地的盜匪始終殘存不去，仍然稱得上有幾分規模，不過兩次世界大戰與革命先後爆發，似又有在幾處死灰復燃的現象。在義大利南方，亦即專出綠林好漢的老家，盜匪的最盛時期不過就在一百年前，當時正是農民起義、土匪出沒的大年代（一八六一—六五）。另一處也素有綠林之鄉的西班牙，當年十九世紀之際，土匪山賊更是每一名旅人的最痛。在蕭伯納(Bernard Shaw)的作品《人與超人》(*Man and Superman*)裡面，即使到了愛德華御宇的時代，英國旅人依然要對遭劫做有心理準備。話雖如此，當時畢竟已趨強弩之末。其時仍在活動的「裴納雷斯」里約斯(Francisco Rios 'El Pernales')，可說是西班牙安達魯西亞(Andalusia)一帶，最後一名眞正的傳奇強盜人物。至於希臘及巴爾幹地區，這方面的記憶更是猶新。巴西東北地方的盜賊，在一八七〇年後進入最盛時期，並於二十世紀前三分之一年代裡達到高峯，直到一九四〇年方告結束，從此不復聞之。當然，有些地區到今天還在鬧強盜——尤以南亞、東亞，以及拉丁美洲一兩處地方最有可能——這裡那裡，不時仍可見這類舊式社會型盜匪出現。至於撒哈拉以南的非洲地區，更有可能出現較之以往記載規模更盛的強盜群。可是就整體現象而言，社會型盜匪的時代已屬過去式了——雖然這個「過去」，於今方去不久。現代世界的出現，使它從此一命嗚呼。不過在這方面，現代倒也不虞匱乏，自有其時代版本的民變及罪犯。

如果說，在社會變遷轉型的過程當中，這些盜匪之徒曾經扮演過任何角色，其角色爲何？做爲個人，他們算不上政治或社會反叛者，更談不上革命人。這班漢子，其實只是一群不甘屈服的小農，由於不肯輕易低頭，遂顯得與眾不同。更簡單一點說，這是一群發現自己無路可投，而平常生計已

「瓦達雷利」之死(1818 年)。瓦達雷利原名梅歐馬提諾，1816-17 年加入燒炭黨，是義大利南部的革命派強盜。

不容他，遂為情勢所逼，被迫落草為寇的「犯事」者。合起來看，他們其實只是該社會陷入危機緊張的病徵，也就是任何社會分裂崩潰的因素——饑荒、瘟疫、戰火——所顯現的症候。因此，盜匪本身，並不是一種改造小農社會的計畫或運動，卻是一種在特定情況下逃離小農社會的自力救濟形式。盜匪由小農出，是小農的一分子，除其個人勇氣可嘉，有意願、有本事顯現不肯屈服的精神之外，實與一般小農無異，他們的所知所識，完全不出小農階級。他們是行動派，卻非思想家，更不是先知先覺，他們沒有任何新鮮遠大的視界眼光，也提不出改造社會政治結構的龐大計畫。他們有領導氣質，正如一般凡是個性堅毅強悍、靠自己一雙手打天下、具有軍事才能的好漢一般，通常都會擔當領袖角色。可是即令如此，他的作用也僅在發揮蠻勁硬打出一條路來，而不在用腦筋發現出路。一八六〇年代盜賊蜂起的義大利南方，有好幾名首腦人物如「葛拉哥」(Crocco)和「泥寇南哥」(Ninco Nanco)❾等，都極有大將之風，甚令攻剿他們的官軍佩服。不過這種由社會型盜匪領銜，領導主要農民叛變事件的現象並不常見，而且在這個不尋常的「土匪期」間，做頭領的盜匪，從不曾命令徒眾進佔土地；有的時候，他們看起來甚至完全不能想像今天所謂的「農村改革」爲何物。

要說他們確曾有過任何「計畫」、「方案」，恐怕也屬於保守性的防禦動作，旨在維護或恢復傳統事理的秩序，回到其「應有」的面貌(在傳統社會裡面，「應有」面貌係指在眾人想像裡面，曾經在傳說或過去眞實存在的狀態)。他們矯枉糾惡，施行報復，將不公正不公道的事情改正過來，因此在人與人之間，尤其是貧與富，強與弱間，設下一種比較公正公平的關係。其實這種志向，實在謙虛得很，強者富者還是可以作威作福，富人依然可以剝削貧人(可是不得超過傳統認爲「合理公平」的界限)，強者照樣欺壓弱者(可是限於公正平等的範疇之內，並不忘其社會與道德責任)。因此，強盜們施行的正義公理，其目的並不在掃除領主或地主這一類人，他們甚至不寄望領主對農奴家的女人手下留情。他們的要求，僅在領主老爺施其雨露之後，有點良心，別忘了讓那些私生子也受點教育而已⑩。因此，社會型盜匪也許有幾分改革家的味道，卻絕不是革命人。

然而，改革也好，革命也好，盜匪現象本身，卻不能成為一種社會**運動**。它也許有「代替」(surrogate)的作用，如羅賓漢，為農人一致擁戴欽佩，因為自已辦不到，只好把他當做替代自己行動的英雄與鬥士。有時也許眞能取代社會運動，如盜匪現象在某些民情特別強悍、特別好勇的農民中間，竟成為建制化的存在即是；有時反而有礙其他積極鬥爭形式的出現。歷史上是否眞的有過這種狀況，我們雖然不能肯定，卻有證據顯示並非沒有可能。因此在偷牛賊和強盜層出不窮(迄今猶是)的祕魯瓦努科(Huanuco)及阿普里馬克(Apurimac)兩地，雖然當地農業問題的嚴重性並不下於他處，農民要求進行土改的壓力卻顯然較緩(及至一九七一年際依然如是)。不過這個疑問，與其他有關盜匪族的諸多問題一般，有待進一步愼重調查與證實⑪。

強盜們謙虛卑下的目標雖小(作風也許激烈)，但若碰上以下兩種狀況，卻極可能風雲變色——連同所屬的農民鄉親——成為眞正的革命運動。第一種狀況，發生於作亂起義一事化身成全體抵抗力量的象徵、甚至先鋒，起來對抗那些破壞並毀滅傳統秩序的惡勢力之際。這種動作，被外面世界稱做「反動」，因為它抵抗的對象乃是外面世界所認為的「進步」。事實上以「反動」之名而起的社會革命，其革命性並不見得便因此減低。那不勒斯王國(Kingdom of Naples)的盜匪——與其農民一般

——即係以教皇、國王及神聖信仰(Holy Faith)之名，起來對抗激進派的雅各賓分子(Jacobins)與外來勢力。他們是百分之百的革命黨，一如教皇、國王與神聖信仰，百分之百絕對**不是**革命黨一般肯定——一八六〇年代曾有名強盜頭子，一聽擄來的律師表示，他也是兩西西里王國波旁王室(Bourbons)的忠心黨徒，便開口揶揄道：「大爺你讀過書，又是大律師，難道你眞相信，我們是爲了法蘭西斯二世(Francis II)來打散這身骨頭？」⓬這份世故老練，強盜頭中罕見。他們起事，不是爲**現實中**眞正的波旁王室，卻是爲理想中那個「美好的舊社會」——可不是，僅僅數月之前，他們當中才有許多人跟著加里波底(Garibaldi)把波旁王室推翻了。而美好的舊社會，最現成的象徵自然就是那個「老好」教會、「老好」國王了。盜匪扯上政治，多半是傳統派的革命分子。

強盜轉身變成革命人，還有第二項原因，這項原因天生就潛存在農民社會的脈動裡面。逆來順受慣了的農民大眾，雖然已視剝削、欺壓、屈從爲家常便飯，把它們當做人類生活的常態，但私心裡面，卻仍夢想著一個沒有這些悲情痛苦的世界，一個自由公道、民胞物與、完全沒有邪惡災禍的全**新**世界。可憐絕大多數時候，這夢想只是一個美夢，只是天賜的一個盼望。雖然在許多社會裡面，千禧國度的夢想始終堅持不滅，終有一日，那公義大帝必會來臨，那南海女皇終必登岸(這是爪哇可憐人的夢境版本)，於是一切都要改變，一切將臻美好。但是，美夢也有彷彿立將成眞的時刻：當現有社會的架構，似乎真如種種預表象徵所示，似乎眞要敗亡、全面倒塌之際，原本渺小的希望微光，立刻躍升爲有可能如朝陽耀出的燦爛光芒。

當此時刻，卻也正是盜匪遭到掃除之際，一如人人不得例外。盜匪的血，難道就不是人民的血？他們的力量、視界雖然有限，他們的作爲不正顯示，雖然要付出無家可歸、艱險，甚至生命的代價，山林野地之中的草莽生活，卻可以爲自己帶來解放、公正與義氣？（現代某位社會學家，即曾將巴西的強盜隊伍〔cangaçeiro〕，認眞比做某種「弟兄之交」，或「業餘幫會」。而幫中人之間那超乎尋常的坦白無私，常令外人印象深刻⓭。）有意無意之間，這群人不也承認，千禧福年與革命大業的境界，確較其本身作爲崇高？

誠然，盜匪現象最令人印象深刻之處，就在其與附屬重大農民革命的共存狀態，許多時候，它更是後者的先聲。如自古向爲盜匪蜂集之地的安達魯西亞——不管其盜係「俠」或「貴」——即使在盜匪之風已趨衰寂的一、二十年之後，依然與農村無政府主義有著不解之情。再舉巴西東北部的內地荒漠（sertão）⓮爲例，原是盜匪最劇的盜匪之鄉，同時卻也是盛出農村救世主領袖（santos）的園地。聖者與強盜，兩方人馬同時並行昌盛，但聖者之勢卻更盛。巴西大盜藍彪（Lampião）的功業，曾爲無數民謠謳頌，其中便有一首詠他：

誓復仇淨盡，然
在世間，只敬
西賽羅神父一人，無他。⑮

事實上我們也看見，正是因爲茹阿澤魯（Juazeiró）的彌賽亞西賽羅（Cicero）神父之故，當時眾人才賜予藍彪英雄地位的「正式」承認。社會型盜匪與千禧年派——兩者同屬最原始形態的改革與革命——在歷史上遂併肩同行。當最後天啓的大限時刻到來，在苦難及盼望年間因而人數膨脹的盜匪，不知不覺之間，亦可能慢慢轉變。或如爪哇地方，與大批捨棄田園家屋的村民外湧人潮結合，懷抱著崇高期望，在鄉野大地之間徜徉。或如一八六一年義大利的南方，擴充而爲農民部隊。或如一八六〇年的「葛拉哥」，不再爲盜，卻搖身成爲革命軍的戰士。

當盜匪因種種因素合流成巨大的運動潮時，它也就成爲一股既能夠、也眞正去改造社會的力量的一部分。雖說社會型盜匪一如農民階級本身，他們的天地狹小，水平有限，因此在歷史上的留痕亦淺，對歷史造成的牽動程度，也許不能盡如其意，有時甚至適得其反。但是他們做爲一股歷史力量的意義與眞實性，並不因此減低。而且說起來，就算是那些眞正掀起了社會重大變革的革命大家，能在事先預見其作爲之結果者，又有幾人呢？

---

❶Molise, quoted in F. Molfese, *Storia del brigantaggio dopo l'unità*, Milan, 1964, p.131.

❷在此必須提出一個可能或部分的例外，亦即南亞印度特有的種姓階級社會。在那裡，強盜一族與社會上其他部門一般，往往自成一個階級與群體，遂使社會型盜匪難產。不過我們以後將看見，某些印度盜匪（「達寇」〔dacoits〕）與社會型盜匪也有幾分類似。

❸統計數字係根據 G. Guzman, O. Fals Borda, E. Umaña Luna, *La Violencia en Colombia*, Bogota, 1964, II, pp.287-97。這段時期的武裝叛變分子人數其實相當龐大，但因屬於內戰與社會全面崩潰的非常時期，不能用爲估算平常的強盜人數，即使當做最高數字也有過估之嫌。

❹*Le brigandage en Macédoine: Un rapport confidentiel au gouvernement bulgare*, Berlin, 1908, p.38. 此資料係由伯貝克學院的達金教授(Professor D. Dakin of Birkbeck College)所提供。

❺D. Eeckhaute, 'Les brigands en Russie du dix-septième au dexneuvième siècle' in *Rev. Hist. Mod. and Contemp.* XII, 1965, pp.174–5.

❻E. Alabaster, *Notes and commentaries on the Chinese, criminal law*, Luzak and Co., pp.400–02.

❼E. Lopez Albujar, *Los caballeros del delito*, Lima, 1936, pp.75–6.

❽W. Crooke, *The tribes and castes of the North-West Provinces and Oudhe*, Calcutta, 1896, 4 vols., 1, p.49.

❾「葛拉哥」（本名唐納太里〔Carmine Donatelli〕），原爲趕牛的農場工人，後加入波旁部隊，因細故誤殺同僚，因此棄隊逃亡，在法網邊緣亡命十年。一八六〇年參加自由派叛軍，希望可以得赦一洗過去的逃兵紀錄，最後成爲波旁陣營最有勢力的游擊將領。後來潛逃到教皇國(Papal States)，被交給義大利政府，遭判終身監禁。多年以後，他在獄中寫就一部極有意思的自傳。「泥寇南哥」（本名蘇馬〔Giuseppe Nicola Summa〕）原是阿維里亞諾(Avigliano)一名沒有土地的勞動人，一八六〇年加里波底解放期間逃獄，曾任「葛拉哥」副將，充分發揮其游擊作戰天分。於一八六四年被殺。

❿這個例子，是筆者親聆祕魯農民談起。

⓫在此筆者要謝謝恩里克(Enrique)市長委拉斯蓋茲(Mario Vasquez)醫生，以及祕魯中部農業改革X區的諸位工作人員提供某些相關資料。

⓬一般相信這句話出自拉加剌(Cipriano La Gala)之口，拉加剌目不識丁，來自諾拉(Nola)，一八五五年因暴力搶劫罪名被判入獄，一八六〇年逃獄，顯然不是一般典型的普通農民強盜。F. Molfese, op. cit., p.130.

⓭M. I. P. de Queiroz, *Os cangaçeiros: les bandits d'honneur brésiliens*, Paris, 1968, pp.142,164.

⓮係指巴西東北部的偏僻鄉區，遠在人口密集的邊區聚落以外。

⓯R. Rowland, "'Cantadores" del nordeste brasileño' in *Aportes* 3, Jan. 1967, p.138. 至於盜匪與聖者間遠較細膩的實際關係，請參見E. de Lima, *O mundo estranho dos cangaçeiros*, Salvador and Bahia, 1965, pp.113-4 and O. Anselmo, *Padre Cicero*, Rio de Janeiro, 1968。

第二章　誰做強盜

在保加利亞，只有牧羊人、趕牛人和黑盜客才有自由。

——希拓夫(Panayot Hitov)❶

做強盜，代表的就是不受管束，不受限制。可是在一個小農社會裡面，很少人有這份自由。大多數人，都生活在領主管轄與辛苦勞動這兩道鎖鏈的雙重綑綁之下，而且這兩道鎖鏈相互強化，愈發深重。小農之所以不得不任由威權高壓的宰制，與其歸因於其經濟力的脆弱(其實多數時候，他們頗能自足)，倒不如說是出在農家安土重遷，無法移動的事實。他們根深柢固，生於斯，死於斯，植根於土地與家鄉。他們只能像陸上的樹木，死守一地，最多也只彷彿水中植物如海葵或其他水族動物一般，經過一段四處遷移的幼年期後，至終會擇地定居。男子一旦成了家，有了業，從此便動彈不得。地裡有種子要撒，莊稼要收，農忙時期，甚至連起義造反等事也得暫停。待修的破籬笆，不能長久不理，老婆孩子如錨，將男人繫在固定的港灣。只有天災人禍，千年末日，或是下了重大決心向外遷徙，才有可能中斷農村循環往復的固定作息。而且遷徙歸遷徙，一旦到達他鄉，也會盡快在另一片土地上安定下來，除非他此生決定不再做農夫了。農民社會裡的背脊都是彎的，因為背的主人，都得在各自的田裡彎下腰來勞作。

強盜招兵買馬拉人入夥的來源，因此受到嚴重限制。農家男丁落草，雖然並不因此變得全無可能，事實上卻極為困難。更有甚者，每年固定出山搶劫的周期，正好與農作季節一致，以春夏兩季為高潮，蕭瑟風雪時節則偃兵憩鼓，休養生息以待來年。(不過對那些靠打劫提供部分固定入息的村落而言，就得配合其本身也必須從事的農牧活動，因此，他們只能在農忙季節之外出動，如十九世紀初期孟加拉密納普〔Midnapur〕地區的部落朱亞爾〔chuars〕❷即是一例。不然就得派有專責搶劫行動的人馬，另外留有相當人手照顧田裡的活計)。若要了解盜匪成員的構成，就得對農村社會中一群具有行動力與行動可能的邊際人口特別注意。

因此，強盜人口的首要來源，或可謂其最重要的供應來源，就在那些勞動力需求甚低的農業經濟或農村環境，或是那些窮到無以復加，根本沒有足夠工作可供當地所有壯丁勞動的地區。換句話說，就是那些擁有多餘農牧人口的地方。牧區、山區、瘠壞區，這三項常常一起出現的因素，正是這類過剩人口的永遠供應地；而傳統社會，也往往爲這些人的出路發展出一些建制化的管道：如季節性的外移(如阿爾卑斯山區及阿爾及利亞卡比爾〔Kabyle〕山間住民的向外遷徙)、爲外界提供兵源(如瑞士、阿爾巴尼亞、科西嘉、尼泊爾)、打劫、爲寇等。「小田制」(minifundism，持有田分過小，難以養活一家老小)的實行，也可能造成同樣效果。至於兩手空空，根本沒有田地之人，理由就更明顯了。農村中的無產人口，一年之中多數時間沒有勞動可幹，隨時可以「動員」起來，有地的農民則不然。一八六三年義大利卡拉布里亞的加坦塞羅(Catanzaro, Calabria)城上訴法庭審理的三百二十八名所謂「強盜」分子之中(其實就是農民叛軍或游擊隊)，有二百零一人的職業背景是在農家打雜

在亞洲地區的河口平原和衆多島嶼上，海盜、強盜之間，並無太大區別。注意一旁觀看的水手。取自 *Banditi and Robbers* (1833)。

幫忙的短工，餘者小農五十一名，營農場者四名，工匠二十四名❸。如此環境，當然有許多人可以由農耕經濟之中脫身(至少可以脫離一段時間)，而且不僅僅是「可不可以」的問題，爲求活口，有些人**勢必**另尋收入不行。部分人口自然因此落草爲寇，而山間牧地，也成了出產不法之徒或供其出沒的當然典型之地。

但是即使如此，這些地區的老百姓也不是個個都選擇鋌而走險。一個社會裡面，總有一些群體居於特別地位，擁有走上強盜路必須先有的自由行動條件。其中最突出的一群，就是從青春期起，一直到成家以前這個年齡層的青年男子，也就是在人生的家庭重擔，開始壓得男人直不起腰背前的一段時光。（聽說在某些離婚較易，單方面就可提出分手要求的地區，從攆走前任妻子到再婚之間的這段空檔，也可以算做另一段擁有相當自由的好時光。不過正如鰥夫的情況，自由與否，端看家裡是否有幼兒需要撫養而定，至少，親族中也得有人幫忙照顧才成。）即使在保守傳統的農業社會裡面，少年人也有一段獨立心重，反叛性強的階段。年歲相近的青年男子，往往正式或非正式地與同齡者結伴而行，從一個工作換到另外一個工作，打架鬧事，流浪閒蕩。匈牙利草原上的「窮家小子」(szégeny légeny)，就屬於這一類頗有變成小強盜可能的人選。自己單獨或一兩個夥伴湊在一起，雖然也不乏起意偷它一兩匹馬，可是畢竟不成氣候，造不了多大的反。然而一旦三五成群，二、三十名吆喝糾結一處，又找到一個隱蔽處所做了司令總部，就很容易蛻變成正式的盜匪了。埃貝哈特(Eberhard)即認爲，中國流寇盜匪的成員，基本上就是這批過渡時期的農村叛逆少年。總而言之，強盜匪徒，八九不離十都是青年男子，這是無庸置疑的了。一八六〇年代南義大利巴西利卡塔(Basilicata)地方的強盜，三分之二年齡在二十五歲以下。祕魯蘭巴耶克(Lambayeque)的五十九名盜匪裡面，單身者即佔四十九名❹。安達魯西亞的傳奇綠林人物哥利安提(Diego Corrientes)死時才二十四歲，地位與其相等的斯洛伐克(Slovak)好漢雅諾契克(Janošik)，則是二十五歲。巴西東北地方的大盜藍彪，打出天下的時候只有二十歲不到，十七哏噹歲。眞實世界裡的荷西

(Don José，《卡門》男主角)，十八歲就揚名立萬。小說家往往觀察敏銳：土耳其某部綠林小說的主人翁「瘦子阿蒙」(Slim Mehmed)，十來歲就上了陶魯斯山脈(Taurus mountains)。

這群自由好漢的另一重要來源，則是一些由於這樣或那樣理由，不得融入農家社會，因此被迫退居邊緣或不法角落之人。舊俄杳無人跡的廣大原野之上，就充斥著由這類邊緣人組成的強盜群。這些人萬里長途，不畏跋涉，一心嚮往著南面與東面的無垠大地；在那裡，領主、政府、農奴制度的魔掌尚未伸及；在那裡，或許可以尋得日後將成為革命人目標的「土地與自由」(Zemlya i Volya)。長路漫漫，途中多變，其中有些人畢竟不得抵達那最後的目的地；而旅途之上，每個人又都得想辦法活下去。於是私離逃亡的農奴，家破產空的自由人，從國家或領主工廠逃跑的逃工、逃學、逃犯、逃兵等等諸種逃人，以及在社會上沒有一定地位身分角色的各色人等(如牧師的兒子)，遂或結集成夥，或加入原有的強盜團體，其後可能與前此本係邊區自由小農村落如哥薩克(Cossacks)等部族或少數民族的隊伍合流，一起從事打家劫舍，侵擾民家的勾當(哥薩克事，詳見第五章)。

在這群邊緣人中，士兵、逃兵、退伍軍人，扮演著極為重要的角色。難怪當年沙皇徵兵令下，一去就是終身役期，代價是這條命一輩子所能換來的價錢。因此親人相送，到了村子門口，殷殷淚別之際，不是為征人祝福，卻是為其舉喪。將來有一天，若遠人竟能歸來，無主無地，對於社會階級安定的維繫，其實是禍不是福。解甲的歸人與逃兵一般，是當強盜的天生材料。一八六〇年後一些義大利南部強盜頭目的出身背景，常常都是「前波旁部隊的軍士」，或「無土無田的勞動人及前軍士」。事實上在某些地區，這種「兵而退則盜」的「復員轉業」方式，幾近常態。一九二九年間，玻利維亞(Bolivia)有一位進步人士曾感慨繫之地問道：爲什麼艾馬拉印第安族(Aymara)的士兵離開部隊，回到家園之後，不能負起教育地方、帶動族人走向文明的任務，反而「遊手好閒、不務正業，墮落爲地面上的強盜頭頭」❺？這個問題固然問得沒錯，卻太不實際。誠然，脫下軍裝的軍人，當然也可以**有能力**成爲領導人、教育者、農村中堅。所有的社會主義革命政權，也都以此爲目的，以部隊爲訓練學校。可是處於封建制度下的玻利維亞，這種事有可能嗎？

除了這些退伍軍士是爲例外之外，做爲小農社會的一分子，一般村人很少能完全自外於村中的經濟活動與組織，即使能做短暫脫離，也依然屬於農村社會的一部分(吉普賽人，以及其他各種流浪民族則自成格局)。不過即使在農村經濟裡面，還是有某些性質的工作，屬於一般例行農村勞作以外，不受當行社會控制的直接管轄——不管這控制是來自統治者的意志，或是出於被統治者的公意。這些化外之民，有的是前面已經提過的牧人，或單槍匹馬，或聚眾成群(一種特殊、有時甚至屬於祕密的群體)，或在夏季水草豐美的高崗牧草地上徜徉，或如半遊牧般在廣闊的草原大地馳騁。還有那些護莊、護院、護場的武裝男子，他們的工作性質非關勞動；以及趕牛趕羊的牲畜販子、運貨車夫、走私分子、吟遊浪人等號人物。沒有人監看他們，事實上擔任監守任務者正是他們。廣大的山野林間，正好爲他們提供了共同的天地。在那裡，地主與犁人從來不曾涉足；在那裡，人們噤口不談他們的所見所爲；在那裡，匪人遇見牧人；在那裡，牧人打量著是否要變成匪人。

有關可能的強盜來源，直到目前爲止，本書討論的對象均限於集體成員，意指某一類特定社會分子落草爲寇的可能性，比他類社會成員爲高。這一點，顯然相當重要。比方說，我們因此可以爲盜匪的面目，刻劃出一個雖簡單大略，卻基本上不致產生誤導作用的概括性輪廓，如以下敍述：「典型的高地強盜隊伍，成員多爲年輕牧民、沒有自己田產的勞動者，以及退役軍士。而通常已有妻兒的男人，以及工匠藝人，比較不可能參加。」這種說法固然不能將問題的答案一網打盡，涵蓋面的廣度卻已相當可觀。比方說，一八六〇年代南義大利眾多的強盜頭子裡面，其職業背景有紀錄者即包括二十八名「牧羊人」、「牧牛人」、「退役軍人」、「沒有田地的打工人」、「田場的守衛」（或以上諸業綜合），而從事其他行業者只有五人❻。不過除此而外，事實上還有另一類人，也頗有變成強盜的可能，就某種意義而言，他們甚至是強盜夥中最重要的一分子。這等人走進江湖，往往是個別行爲，而且是志願下海，雖然其背景動機，也有可能與前述幾種類型重疊。他們是不肯低聲下氣、不甘逆來順受、不願接受社會派給他的角色、不想做一名在領主治下唯唯諾諾聽話的農民，一身硬骨，脾氣倔強，充滿了抗拒個性，他們是個別的反抗者，借用鄉下人常有的說法，他們是「令人敬重的好漢」。

這種硬漢，在一般農民社會裡面雖然並不太多，不過總會出現一兩位。他們是那種在惡勢力前絕不輕易低頭的好漢。相反的，面對不公與迫害，他們選擇的手段是堅持抵抗，並情願因此步上不法之途。因爲，我們必須切記，如果說，起來對抗惡勢力的行爲，是「俠盜」生涯的典型起點，那麼，每當有一位英勇的反抗者站起來，同時一定有更多情願屈服於惡勢力的認命者。在一個領主大人和他的手下可以遂行己意，隨便愛怎麼蹂躪農家少女就怎麼蹂躪的鄉間社會裡，像墨西哥大盜「潘喬」維亞(Pancho Villa)那般，因姊妹受辱，便憤然起來找回公道的情況，是特例，不是常例。這種人物不管誰來，都得敬他三分，包括其他村人在內。因爲他敢勇敢地站起來，大膽地以行動爭取，這不啻僭奪了原屬於「上等人」專有的社會角色，因爲在一個沿襲中古傳統的社會秩序裡面，「武事」，原是大人物的專利。這種人，也可能是地面上的「狠角色」，爲故意賣弄自己的粗獷、狠勁兒，走起路來大搖大擺，隨身帶棍攜槍——即使法有明文，不准農民攜帶傢伙他也不在乎——衣裝不羈，態度張狂，總之，越能表現自己的慓勁兒，越好。中國鄉間的「光棍」(一班老中國通都譯做「鄉里惡棍」），則把腦後那根辮子解鬆，將辮尾盤繞頸上，腳上一雙鞋子，故意磨穿了後跟，並特意打開綁腿，好讓人瞧見裡頭昂貴的襯裡。聽人說，他常常去惹縣太爺，不爲什麼，只是爲了「逞能」，顯一顯自己的本事❼。場景換到北美，墨西哥騎馬趕牛人（vaqueiro）的裝扮，也早已成爲標準美國西部的牛仔裝。類似的服飾打扮，還有南美大草原上的高卓人（gauchos）、拉內洛斯人（llaneros），匈牙利大草原（puszta）上的貝帝亞人（bétyars）❽，西班牙的帥客族（majos）與佛朗明哥族（flamencos）❾，都是同樣以誇張的服飾表現不屈服精神的西方事例。將這種象徵意義發揮到最淋漓盡致境界者，當數巴爾幹黑盜客或剋雷夫（klepht），渾身上下，繡金飾銀，一片花花綠綠。因爲在變化緩慢的傳統社會裡面，雖然只是幾個不肯從眾的窮小子做一點標新立異的打扮，也會演變成正式性的外在符號，可以輕易辨識。鄉間慓悍人物的穿著裝束，根本上就是一項宣示性的記號：「這個人不好惹，野性難馴。」

這一批「令人敬重的好漢」，也不是無緣無故自然就變成綠林中人。至少，他們並非天生就是社會型的盜匪。掙脫務農命運的路子很多：可以在村上找一份守衛的差事，也可以投靠領主，做跟班或當兵（這種工作，其實就是合法強盜）。他們也可以打理自己的生涯，憑本事或手段累積資產，成爲地方一霸，如西西里的黑手黨即是。他們可能變成民謠吟詠的各種英雄好漢、亡命之徒、復仇使者。他們的行爲，是個人個別的反抗行爲，其動機、走向，無法由社會或政治角度界定。在正常狀況之下(亦即與革命無關的情況),他們也不是群眾抗暴的先驅,而只是一般可憐黎民被動現象的反彈。他們是特例,正好反襯出常例。

以上各種類型,大致已經把農村強盜分子的出處包括得差不多了。不過另外還有兩種蓄積了農村暴力及打劫之源的水庫,也必須在此簡短提及。這兩種人物的特質,與農民強盜完全不同,卻常常被混爲一談(這種不辨異同的錯誤是可以理解的),也就是所謂專搶經過自己土地的「強盜貴族」(robber barons),以及眞正的罪犯。

想當然耳,在窮鄉僻壤之處,絕對有那世家大族的士紳子弟,爲「狠角色」提供源源不絕的供應。使槍弄棒,是他們的特權,尙武好勇,是他們的專業,也是他們價值系統的基礎。一般而言,這種暴力的傾向與表現,極大部分已經融合具現於某種制度化的行爲,如狩獵,如爲個人與家庭「榮譽」,不惜訴諸決鬥、報復等行爲均屬之。這股展現並疏解暴力的需要,也有可能經由政府刻意安排,另循具有政治作用,或至少沒有什麼眞正害處的出口發洩,如投軍,或從事海外殖民冒險。大仲馬(Dumas)筆下的火槍手(Musketeers),是專產沒落世家子出名的加斯孔尼(Gascony)地區的標準產物;這些人,只是一些有家世出身,同時還有「合法」執照的小霸王而已,其身分性質,跟義大利或伊比利大領主雇來當護衛的窮家悍小子,其實沒有兩樣。西班牙諸征服者(conquistadores)中,也有許多人屬於這類來頭。不過某些時候，這些沒落潦倒的世家小爺，也有可能變成眞正的強徒，走上搶劫的不歸路(見第六章)。我們可以猜想得到，這一類綠林「貴人」(gentlemen)的事蹟，在兩種情況下最有可能進入民間流傳的傳說或歌謠：㈠當他成爲某種氣候或運動的一部分，亦即古老社會起來抗拒外來或外邦侵犯之際；或㈡當地農民缺乏積極反抗的傳統，很少起來抗拒領主的不公行爲。反之，如果地方上的階級鬥爭意識激烈，強盜貴族名傳野史的可能性就會降至最低。不過，當然啦，在一些「士紳」比例向來偏高的國家，如波蘭、匈牙利、西班牙等地，士紳眾多，佔有全部人口的一成，既然以量取勝，就難免可以爲有關他們自己的民謠、傳奇，提供大量的讀者群了❿。

在農民強盜與都市型或浪人型的地下社會之間，差異就更強烈了。這些黑暗面的人事物，雖在農村社會的隙縫間生存，卻全然不屬於農村社會。在傳統的社會裡面，罪犯者流根本就是圈外人，他們自有他們自己單獨的社會——縱使不盡是與「正直人」(straight)社會完全反照的「歪曲人」(bent)反社會(anti-social)——這類人說話，通常都有自己一套特殊的語言(黑話、暗語、行話、切口等等)。他們來往的對象，也是其他亦不容於社會的職業或團體，如吉普賽人與猶太人，前者爲法國與西班牙，後者爲德國，分別提供了不可勝數的黑社會用語及字彙(反之，絕大多數農民強盜，只是將當地使用的方言稍做變化，並沒有自己特有的暗語)。他們是離經叛道的一群，思想、作爲，盡皆如此。

他們是魔鬼的門徒，而非上帝的子民⓫，即或有宗教，也是跟從異端而非服膺正道。十七世紀之際，日耳曼監獄裡就有一批基督教的囚犯陳情，要求參加猶太人犯的宗教崇拜。並有強烈證據顯示——德國劇作家席勒(Schiller)的劇本《強盜分子》(*The Robbers*)亦如此反映——十八世紀的德國黑社會，曾是自由思想及道德廢棄論(antinomian)等異端教派餘眾(如日耳曼中部地區的再洗禮教派(anabaptism))的庇護所⓬。相較之下，普通的農村強盜，絕對不會如此離經叛道，他們的價值系統，是一般農民百姓的價值系統，包括後者的虔敬，以及後者對非我族類的不信任(因此除了巴爾幹地區以外，中歐及東歐地方的社會強盜，多數有反猶意識)。

十七、八世紀在中歐、印度呼嘯游蕩的罪犯型強盜，與社會型盜匪殊爲不同，其間的差異，可以從他們的內部組成與作業手法看出。前者的成員，往往是專事犯罪的「土匪窩或強盜種姓」出身，至少也是一些不爲社會所容的個人。因此，一七九〇年代的克雷菲德與諾伊斯幫(Crefeld and Neuss gang)，與基爾幫(Keil gang)相同，大多數是磨刀匠轉業，在赫斯瓦爾德克(Hesse-Waldeck)地方，更有一個「收破爛幫」。同一時期，曾令加萊海峽(Pas-de-Calais)地區家戶不安的沙倫比幫(Salembier)，約有一半的組成分子爲小販、二手貨盤商與市集中人。勢力強悍的荷比盧低地黨(Low Countries gang)，旗下分部眾多，多爲猶太人。諸如此類，不勝枚舉。而且犯罪這一行，往往還父死子繼，成爲世襲職業：巴伐利亞女強盜莎汀格(Schattinger)即家學淵源，一家子的綠林傳統，可以上溯兩百年之久：家裡大大小小，包括父親及姊妹在內，一共有二十多人曾經鋃鐺入獄或遭處決[13]。他們也從不尋求小農階級的支持同情，道理很簡單，因爲農家老百姓與一般「正常人」一樣，都是他們眼裡的仇敵、壓迫者、受害人。因此罪犯型的強盜夥不似他們社會型的同類，沒有後者所擁有的地方根源。不過，事實上他們也正因此不受任何地緣限制，不似社會型盜匪，出了家園地盤就難有作爲，甚至不保。罪犯型盜匪是也許鬆懈、但範圍極廣的地下世界的重要一環，這個黑社會的網脈，可能遍及半個大陸，並肯定潛入城市。城市，卻是社會型盜匪心中恐懼並敵視的未知地界。對於無賴漢、流浪人、罪犯、匪徒之流來說，社會型盜匪一生活動據守的鄉里，只不過是他們浪跡天涯中的一站，是一年當中舉辦無數市集的地點，是他們偶然劫掠做案的所在。至多(比方因地近邊區而有地利之便)，也只是一個可以配合大規模作業，用來做爲總部的理想場地而已。

話雖如此，我們在研究社會型盜匪現象之際，卻不可因此便將犯罪型匪類排除在外。首先，當社會型盜匪因爲種種緣故不克壯大或逐漸衰退之際，若正好有合適的罪犯型強盜人選出現，就大有被理想美化，被冠上羅賓漢光環的可能。尤其，如果他們又專門以有錢的老爺或商旅——也就是那些一般貧苦大眾不甚有好感的人物——爲下手對象，就更會產生這種英雄化的轉移現象。因此在十八世紀的法、英、德等地，一些黑社會的有名角色，如特平(Dick Turpin, 1705–39)、卡杜什(Cartouche, 1693–1721)、申德漢(Schinderhannes, 1783–1803)，遂分別成爲羅賓好漢的替身，因爲當其時也，眞正的羅賓漢已經早就從這三個國家消失了⓮。

其次，那些身不由己，被迫離開小農階級成爲「化外」之人的分子，如退伍的軍士、逃兵、搶犯等等，常常孳生於社會不安、戰亂，或動盪後的亂象之中，在社會型與反社會型的盜匪之間，正好提供了一個聯繫作用。像這一類人，若放在社會型的盜匪裡面，必定相當合股，但是他們如選擇在另一類賊人中棲身，同樣也不感任何扞格。但是在此同時，他們卻將原先生長環境的價値觀與人生觀，帶入這群新夥伴中。其三，工業革命以前的老大帝國年歲久遠，根深柢固，長久以來，即發展出一種雙重的地下世界：除了由前述體制外被逐分子組成的地下社會以外，尙有另一種非正式的協防與反抗力量，如中國皇朝時代及越南的祕密幫會，或西西里的黑手黨派等，組織龐大，傳習久遠，就是最好的例證。這種非正式的政治組織與網脈，一般對它們的認識與了解仍極貧乏。但是它的影響力量，卻可能及於所有在官方正式權力結構之外，並反對其勢力組織的男男女女。包括社會型盜匪及圈外犯罪團體在內。後兩者可能自幫派勢力取得援助、資源、盟約，在某種條件狀況配合之下，搖身一變，成爲極有力的政治叛亂核心。

社會型的盜匪與其他類型之間，雖然很難在實質上做出明確分野，不過卻不妨礙我們將其視爲一種自成一格的農民起義與抗爭形式，並從這個角度進行根本性的基礎分析，這也就是本書討論主旨的架構所在。

---

❶Autobiography in G. Rosen, *Die Balkan-Haiduken*, Leipzig, 1878, p.78.

❷密納普叢林區中一個兼事農耕、打劫的部落。

❸Molfese, op. cit., pp.127–8.

❹Hobsbawm, *Primitive Rebels*, Manchester University Press, 1959; Lopez Albujar, op. cit., p.126.

❺Alejandro Franco, 'El Aymara del siglo XX' in *Amauta* (Lima) 23, 1929, p.88.

❻Based on Molfese, op. cit., pp.367–82.

❼A. H. Smith, *Village life in China*, New York, Chicago and Toronto, 1899, pp.213–7.

❽高卓人、拉内洛斯人和貝帝亞人都是牛仔牧民的各種不同說法。嚴格就技術性而言，貝帝亞人係指一種不定期的

短工。

❾「帥客族」和「佛朗明哥族」係形容一種服飾舉止的風格，根據某部十八世紀的西班牙字典解釋，是指「以言語行動，裝模作樣故示英勇及威風的男子」。

❿有關強盜事蹟的民歌民謠，並不容易清楚分類。原因有二：一是「正統」文化有意拉拔，二是民間文化自我升級。如羅賓漢即屬前例，爲將俠盜故事納入法統，只好把羅賓漢改成爵爺出身，「原來」他是一位被冤屈了的杭廷頓伯爵(Earl of Huntingdon)。第二種緣由，則是因爲所有身在小農社會封建制度下的自由人，都有一種自然傾向，就是將自己的身分與「貴族」身分認同，因爲當時唯一爲人所知的「自由」模式，只有一種，就是「貴族」地位，只有貴族，才有自由。也許就是因爲這個緣故，十九世紀的一些匈牙利強盜，如駱查(Sandor Rósza)與喬忌(Sóbry Jószi)，明明是農民出身，眾人卻深信他們是來自老世家的貴族爺。

⓫「做了強盜，卻不曾與魔鬼訂下賣身契約，幾乎是不可想像的事情，尤其在十六世紀，更係如此。即使直到近世，撒旦魔鬼也依然在強盜分子的教義系統中佔有首要地位。」F. C. B. Avé-Lallemant, *Das deutsche Gaunerthum*, Leipzig, 1858–62, II, p.91n.

⓬詳見 G. Kraft, *Historische Studien zu Schillers Schauspeil 'Die Räuber'*, Weimar, 1959。

⓭Avé-Lallemant, op. cit., I, p.241. 有關罪犯與盜匪之間的差異，詳見 E. de Lima, op. cit., passim; G. Sangnier, *Le brigandage dans le Pas-de-Calais*, Blangermont, 1962, pp.172,196。

⓮十八世紀的法國，尚有另外一名被理想化成義賊的人物孟杭(Robert Mandrin, 1724-55)，不過比較起來，這位老兄好像並不是很適當的人選。其人專在法瑞邊境從事走私(其實走私這門行業，除了政府以外，誰也不認為是一種罪惡)，並發動過一場報復行動。

第三章　高義俠盜

是夜月色微明，星光滿天。行不到十里，望見一簇車子，旗上明寫：「水滸寨忠義糧」。

——《水滸傳》第六十九回❶

邪惡者(wicked)：就是沒有重大理由，就任意殺害基督徒的傢伙。

——義大利南端卡拉布里亞地區名盜墨索里諾接受字詞聯想測驗時的答案❷

十七世紀羅克斯堡歌謠裡羅賓漢傳奇系列的三名英雄。注意圖中的長弓，這是平民使用的武器。

俠盜者，羅賓漢也，是盜匪一族中最赫赫有名、也是最受舉世愛戴的一型。他是民謠、詩歌裡最常見的英雄，現實世界中卻極稀有。傳奇與事實之間，懸殊之巨，其實並不值得訝異；正如中世紀騎士的眞面目，與理想中的騎士精神同樣也南轅北轍。羅賓漢，原是所有農民強盜應該達到的最高典型，可是想當然耳，由於人性使然，很少人能夠具有他那般高貴的情操、無私的精神，與強烈的社會意識，因此自然達不到這個標準，事實上，恐怕也沒有幾個人充得起如此瀟灑。至於少數幾位難能可貴，竟然眞正達到這個境界的人物——史上的確有過這種好漢——就享有唯有英雄、甚至聖人才配得的崇敬了。如安達魯西亞的義盜哥利安提（一七五七—八一），就被一般人看成彷彿基督的形象：他被出賣，在星期日被解送至塞維亞(Seville)，在三月的一個星期五被審，卻不曾殺害一人❸。而雅諾契克(一六八八—一七一三)其人其事，也與大多數的社會型盜匪無異，原是喀爾巴阡山脈(Carpathians)荒郊小地的鄉野之徒，只不過一名地方盜賊，他的存在，恐怕根本引不起京都大邑的當局注意，可是有關他的歌詠卻流傳甚廣，直到今日。事實上，即使眞正的英雄鬥士不出，在求「賢」若渴的心理之下，某些不夠格的人選也硬被徵召出來爲群眾服務。眞實人生裡的眾多羅賓漢們，其實離高貴俠義差得極遠。

因此，我們不妨先從所謂的俠盜「形象」談起，因爲這個形象，界定了他的社會角色，以及他與一般農民大眾的關係。他扮演的是一名鬥士的角色，矯枉去惡，遂行正義，是帶來社會公義平等的使者。而他與農民的關係，是全然的結合與認同。「形象」也者，反映了他的角色，也反映這層關係，共可歸納爲以下九點。

首先，俠盜生涯的開始，都不是因爲他犯了罪，而是受到不公欺凌的結果，也可能是因爲他從事一些當地鄉鄰不以爲意，卻被當局視爲觸犯法網的行爲而遭到追索。

其二，他「矯枉去惡，糾正錯誤」。

其三，他「劫富濟貧」。

其四，他「除了出於自衛或報仇，絕不殺人」。

其五，如果他有幸不死，必定回歸故里，成爲地方上受人敬重的一員。事實上，他從來不曾眞正離開家園。

其六，他的同胞敬他、助他、擁戴他。

其七，他的死，都是因爲被出賣，而且一定是因爲被出賣。因爲鄉裡哪一位正直人會幫當局來對付他呢。

其八，他神出鬼沒、刀槍不入——至少在理論上係如此。

其九，他並不是國王陛下或皇上的敵人，因爲帝王是公義之源。他只是反對地方上的士紳、教士，以及其他各種壓制者而已。

如此俠盜形象，若以眞實情況比對，倒也若合符節，起碼它可以代表相當程度的眞相，並不只是一廂情願的主觀期望。根據記載在案的事例顯示，絕大多數社會型盜匪生涯的開端，的確都是因爲某些非犯罪性的爭執事件而起，或爲維護榮譽，或因不甘受到自己及鄉里中人認爲不公的待遇而步上不歸路（窮人與有錢有勢者發生爭執，後果可想而知，當然是前者吃虧）。十八世紀那不勒斯的杜卡（Angelo Duca），或稱「安喬利洛」（Angiolillo, 1760-84），之所以變成強盜，是因爲牛群走失，與馬丁那公爵（Duke of Martina）的牧場守衛發生爭執。墨西哥的「潘喬」維亞，則是爲了姊姊受辱而向一名地主尋仇。拉巴瑞達（Labarêda）跟巴西所有的強盜一般，爲了一樁與他家名譽攸關的事件。朱里亞諾（Giuliano）則是因爲年輕走私時——走私也者，可是山區百姓的正當職業，跟其他任何一行同樣光明正大——沒有錢賄賂一名稅吏，只好起來反抗。諸如此類的因果，幾乎都大同小異。事實上，要做羅賓漢，非得由這種半路出家的業餘方式開始不可，不然，如果他**眞**的是爲非作歹的罪犯出身，依照鄉里的道德標準，又怎能受到眾人毫無保留的一致愛戴呢？

身爲不公待遇的受害者，由此起家，表示他充滿了扳回公道的需要，至少，他需要爲一件事情找回公道：也就是他自己受到的迫害。因此，難怪那些眞正的盜匪，往往會表現出一種「原始野蠻的正義感」，有人指出，出沒於安達魯西亞山區的「早熟的」荷西（José Maria 'El Tempranillo'，《卡門》裡荷西的原型），就有這種風格。傳奇裡面這一類矯弊扳正的行爲，常常出以財富易手的方式。傑西詹姆斯（Jesse James, 1847-82）的傳說裡，就有一位窮家寡婦欠銀行八百塊錢，傑西慷慨解囊救急，然後再自銀行家處把錢搶了回來。這個故事，就我們對詹家兩兄弟爲人的了解來看，根本毫無可能❹。

極端的情況，另有席勒《強盜分子》一劇，義薄雲天的俠盜，爲了替一些可憐窮人挽回公道，情願犧牲自己的性命以爲交換。在現實生活裡面(也許，屬於當代傳奇?)，則有二十世紀初期高加索達吉斯坦(Daghestan)地方的羅賓漢式好漢塞林汗(Zelim Khan)，當他被迫退守山洞一隅，曾透過一名牧人傳話給對陣的司令官：

> 去，告訴區裡的長官，只要他將一紙電報拿給我看，顯示沙皇通電，收回成命，取消所有加在無辜百姓頭上的罰金，而且更進一步，因我之故，赦免所有被囚和被逐的人，我就願意出面投降。如其不成，就請轉告卡拉洛夫親王(Prince Karavlov)，就在今天晚上，不到半夜，我無論如何都會逃出此洞。入夜以前，我會一直等待他的回音。

但是在實際上，類此粗糙的正義，卻多以報仇雪恥的形式執行。再引塞林汗寫給某位叫做多努加耶夫(Donugayev)的回教軍官的一封信道：

> 請注意，我殺了當局代表，是因爲他們將我可憐的鄉人非法放逐到西伯利亞。波波夫(Popov)

上校鎮領格洛斯尼(Grozniy)區的時候，當地曾有民眾起來反抗。有關當局和軍方認爲不殺幾個人不能立威，害得好些可憐的倒楣傢伙慘死。我一聽説竟有此事，便立刻點起人馬，搶了卡地約特(Kadi-Yurt)的一列火車，當場殺了好多俄國佬做爲報復。❺

不管眞正的手段如何，這些強盜確實被人視爲正義的使者，道德秩序，也的確有賴他來恢復，他自己更當仁不讓，常常自認如此。

至於他是否眞的劫富以濟貧，則是一個爭議甚多的問題。不過想當然耳，他這份與官方做對的事業，若不想斷了老百姓的支持，就絕不可能在當地可憐人身上動手，因爲他付不起這個代價。而「俠」盜也者，無疑擁有重新分配財富的美名。祕魯民團(Guardia Civil)的薩巴塔(Victor Zapata)上校寫道：「蘭巴耶克地方的盜匪，向以其豪氣、驍勇、才具、廉正出名。他們不嗜血、不殘殺，多數時候，都將掠奪所得分贈飢貧民眾。種種舉措，顯示他們慈悲之心仍在，心腸尚未變硬。」❻像這種好名聲，眾家強盜之中，誰有誰沒有，當地老百姓心裡分辨得很清楚，包括警方在內(上校之言即是明證)。而某些強盜，有時候也眞的會將財物分與窮人，也是無庸置疑之事——不管是個別個案的施捨，還是不分對象的普渡——如墨西哥大盜「潘喬」維亞，即將他第一次重大斬獲分配如下：

五千披索孝敬老母，四千披索分贈親戚，並且還——

替一個叫雷塔納(Antonio Retana)的人，買了一家裁縫鋪，他視力很壞，卻有一大家子嗷嗷待哺。我還雇了個人管店，也給他同樣一筆錢。就這樣東分西送，不到七、八個月，原來那五萬披索還剩在我手裡的餘錢，都拿去幫助有需要的人了。❼

至於祕魯強盜族裡的羅賓漢帕爾多(Luis Pardo, 1874-1909)，卻好像比較偏好天女散花，喜歡在假日節慶向群眾揮灑銀元，他在家鄉奇基安(Chiquian)小鎮，就曾經這麼大方。或在鄉鎮小店，如拉克亞(Llaclla)等地，買來「床單、肥皂、餅乾、罐頭、蠟燭，四處分送」❽。許多時候，他們可能只要出手闊綽，高價酬勞地方上提供的食宿與服務，就可以輕易贏得慷慨之名。至少，一名古巴老先生是持這種看法：蒙特何(Esteban Montejo)老先生實事求是，對強盜不做幻想，沒有興趣用感性眼光評價他少年時期所見的強盜作爲❾。不過他也承認：「每次只要他們搶了一票好的，馬上讓大家利益均霑。」想當然耳，在工業化以前的社會裡，好善樂施，是每一個有錢有勢的「好」人都得善盡的道德義務。有的時候，如在印度的「達寇」土匪群中，甚至成爲一種正式建制。北印度最出名的匪幫巴德哈克人(Badhaks)，即曾將他們某次擄掠所獲的四萬盧比，特撥出四千五百以爲敬神與濟貧之用。米那人(Minas)更一向以熱心做好事出名[10]。反之，祕魯皮烏拉(Piura)地方那班手頭拮据的窮強盜，就沒有民謠傳頌謳歌他們了，根據專門研究祕魯強盜史的學者指出，這些強盜自己已經太窮，沒有餘力將搶來的財物分給老百姓。換句話說，劫富濟貧，是眾人熟悉且行之有年的成規，至少是一種理想化的道德責任。這種現象不分地域，羅賓漢駐寨的皇家雪塢林(Sherwood Wood)裡的綠色林野如此，比利小子(Billy the Kid)馳騁的美國西南大地亦如是。流傳的故事裡，比利小子「對墨西哥人甚好，就像羅賓漢般。他偷白人的東西，送給墨西哥人。所以墨西哥人覺得這小子挺好的」[11]。

中節有度，不隨便濫用暴力，也是羅賓漢俠盜形象裡同樣重要的一環。民間傳誦安達魯西亞哥利安提的事蹟道：「他搶有錢人，幫助貧窮人，不殺任何人。」中國古典小說《水滸傳》也記載，某次搶得大批金帛財物之後，大寨主晁蓋即問道：「不曾殺人麼？」小嘍囉報道不曾傷害一個，晁蓋見說大喜，殷殷叮囑：「我等自今以後，不可傷害於人。」[12]哥薩克出身的梅尼科夫(Melnikov)在奧倫堡(Orenburg)附近活動之時，「雖曾殺人，卻極少爲之。」十六、七世紀西班牙加泰隆尼亞地區(Catalania)的強盜，除非是爲了維護名譽，絕不動手殺人——至少民歌裡如此傳誦。甚至連傑西詹姆斯和比利小子，傳奇故事也規定他們只准在自衛或其他正當理由下方可殺人。這種特意強調不濫用暴力的傳奇文化，實在稀奇。想想看，強盜活動行走的特殊環境，天生就是人人身帶傢伙，把殺人視做家常便飯的世界，在那裡，保命的金科玉律是先下手爲強，先開槍再問廢話。總而言之，若信以爲眞，眞以爲詹氏兄弟或比利小子會三思後行，動手射殺礙事傢伙前還會先考慮一下，這種神話，當年眞正認識他們的人是死也不會相信的。

眞人眞事之中，是否眞有盜匪始終如一，時時達到這種高標準的道德地位？顯然是一個非常值得懷疑的命題。至於是否也眞的有人對他寄以如此厚望？也沒很淸楚的答案。因爲農村社會的道德要求雖然非常嚴格明確，但是孰可爲孰不可爲，習於貧困無助的人們卻也有一種特殊講究。有些戒條，是無論什麼狀況都不可以違反的，比方絕對不可以跟警方講話；有些戒條，則視需要及狀況能免則免⑬。但是也正因爲殺戮暴力是其生活裡熟悉的常調，一般平和環境下比較不太在意的道德誡命，對這些人卻有極爲敏感的分野。於是殺人之事，有屬於正當理由、合情合理的擊殺，也有不合公義、沒有意義、沒有理由的殺害。有高貴的光榮作爲，也有可恥的不齒行徑。其間的分野尺度，更爲小民與殺手兩方——不論是武裝暴力最可能的受害者（和平柔順的小農階級），或是持槍鬥械的武者本身——所共同持有。後者恪守的信條，也許只是一種粗糙的俠義風範，唾棄濫殺無助者的行爲。有時講究到一個地步，甚至對那些公認、公開的死敵（如當地警察當局），也不得進行「不公平」

的攻擊，因爲警匪敵我雙方，可能存有英雄惜英雄的互敬情愫(至於對付外人的規定，就完全是兩回事了⑭)。殊不論「正當殺人」的界定到底何在，既爲「俠盜」，行事之間，至少得「有心」謹守這個界限，而眞正的社會型盜匪，可能也的確嘗試實行。我們在後面將有機會討論另外那些不適用以上規範的強盜類型。

社會型盜匪既非罪犯，一旦金盆洗手，回歸故里重做鄉中受人敬重的一員，也就不是什麼難事⑮，各種資料也都一致證實這項立論。事實上，他可能根本從未遠離家園。他的作業範圍，可能就在本村或親族的方圓領域之內，並受他們供給照看。這可能是出於家人的責任，也可能是基於一般常識性的認知，因爲：他們若不管他，不養他，萬一他走投無路，眞的變成普通強盜怎麼辦？一位專門研究波士尼亞的哈布斯堡王朝學者，以及一位法蘭西共和國的科西嘉官方人士，就很肯定地表達過這個看法：「最好把他們餵得飽飽的，不然，他們就會來偷東西。」⑯在偏遠難達的地區，官軍難得下鄉，強盜本人可能根本就住在村子裡面，除非有消息說警方人馬正在前來。卡拉布里亞和西西里的荒郊野外，就是如此。事實上在眞正的鄉下地方，法律及政府的腳蹤幾乎不至，做強盜的這位仁兄，不但被地方上容忍、保護，甚至有可能是地方上的領導人物，巴爾幹半島就有這種現象。

再舉魯里亞(Roulia)地方有個叫做科塔克里斯多夫(Kota Christov)的強盜爲例。其時其地，是十九世紀正入尾聲的馬其頓，其人則是當地眾人最畏懼的強盜頭子，同時卻也是村人公認的地方要人，並兼任劊子手、店東、客棧老闆，各種雜活都很來得。他還代表全村，力抗當地地主（多爲阿爾巴尼亞人）；土耳其政府人員下鄉徵用軍警糧草時，也是他出面強硬對付。他見了官家，公然打招呼問好，後者也從來不敢動他半分汗毛。他是一名基督徒，信仰極爲虔誠，每回飽掠之後，都回到拜占庭聖三一教堂（Holy Trinity）跪伏懺悔不該殺害基督徒——當然，我們可以想像，若死在他手下的是阿爾巴尼亞人，那麼不管是哪一宗還是哪一教的，他可全不在乎⑰。可想而知，科塔其人，絕不僅是一名普通搶匪而已。雖然以現代意識形態的標準觀之，這個人的立場實在不太可靠——剛一開始，他替土耳其人出力，後來又轉到馬其頓內部革命組織（Internal Macedonian Revolutionary Organization）陣營，再後來，竟然又投效希臘——但是歸根結柢，他始終是站在人民一方，維護「其」百姓的權益，對抗不公與壓迫的勢力。更有甚者，在攻擊行動方面，什麼可做，什麼不可以做，他似乎自有一套很清楚的分辨標準。這些標準基本上，或可能反映他的某種正義觀念，或可能顯示他對地方政治生態的看法。總之，他曾經因爲州長阿布丁（Abdin Bey）被害，驅逐了兩名手下，雖然他自己也曾親手送過幾名地方惡霸歸西。像科塔這種人，很難單單歸類爲一名社會型的盜匪，原因無他，乃是土耳其治下馬其頓地方的特殊政情所致。在這種背景環境之下，至少在絕大多數時候，他根本算不上一名不法之徒。政府權力不彰，領主勢力不顯，但凡在這種上層權勢鬆弛之地，羅賓漢就會脫穎而出，成爲地方上公認的領袖人物。

想當然耳，做爲一名人民鬥士，其行事爲人，不但要具有地方上所公認的正直誠實標準，更應該廣受眾人愛戴。我們在前面已經看到，要滿足一名羅賓漢俠盜的「形象」，除了必須符合這一行特有的行爲道德如劫富、不嗜殺等之外，但凡一般公民身上所認可的道德性格也不可缺。農村社會裡面，對於這道防線看得很重，他們很知道哪些社會型的盜匪配得他們的道德認可(至少他們這樣以爲)，又有哪些盜匪的名氣雖然很大、人人畏懼，有時候甚至不乏民眾愛戴，卻在道德標準上達不到眾人認可的程度。某幾種語言裡面，甚至創有特定字眼形容這幾種不同類型的人物。有很多民間歌謠，曲終處就是描寫有名的江洋大盜臨死前認罪懺悔之狀，或是因自己的惡行付出代價方得贖罪。如黑盜客頭目印傑(Indje)，入土後也不得安，一再被大地吐出地面，連續三次，最後擺了一隻死狗在墓裡陪他做伴，方才得到最後安息⑱。反之，高貴的俠盜就不會有這種下場，因爲他不曾犯下任何罪孽，反而有老百姓爲他的安危祈禱。如阿斯普羅蒙特(Aspromonte，位於卡拉布里亞)聖史泰法諾城(San Stefano)的婦女，就爲偉大的墨索里諾不住禱告：

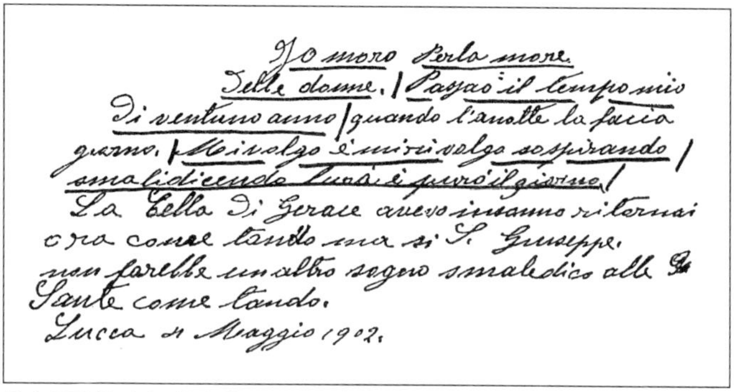
Io moro Perla more.
Delle donne. | Passao il tempo mio
Di ventuno anno | quando l'anotte la faccia
giorno. | Mi volgo e mi rivolgo sospirando |
smaledicendo luna e puro il giorno. |
La Bella Di Gerace avevo insanno ritornai
ora come tando ma si S. Giuseppe.
non farebbe un altro sogno smaledico alle
Sante come tando.
Lucca 4 Maggio 1902.

墨索里諾的手書。這位著名的卡拉布里亞大盜回憶獄中一夢，寫下這段近似詩歌的散文。

墨索里諾無罪，
他們對他的定罪是不公平的，
哦，聖母，哦，聖約瑟夫啊，
讓他永遠在您的護佑之下，
哦，耶穌，哦，我的聖母啊，
讓他永不遭害，
從今時直到永遠，永不遭害。⓳

因爲高貴的俠盜是**好**人。如傳說裡的傑西詹姆斯(在此，現實與形象不免有所衝突)，就從來不曾搶過傳道人、孤兒寡婦，或前南軍將士。更有甚者，他還是一名虔誠的浸信會教友，並在教會唱詩課裡教過唱呢。在密蘇里自耕小農的心目中，這簡直就是證明一個人眞心爲善的極致，他們再想不出比「好人」更好的美詞來褒揚傑西了。

像這種大好人，當然人人助之，因爲沒有人會幫著法律一邊來對付他。相形之下，老大顢頇的軍警，怎麼可能踩住他的行蹤，更何況鄉野之中，盡是他耳熟能詳的地盤？因此，只有背叛、出賣，才會導致他落網被捕。某一首西班牙民謠吟道：

兩千銀幣(escudo：葡萄牙貨幣單位)，
懸賞他的人頭，
多少人都想發這筆橫財，
卻沒有一個能夠到手，
只有，啊，自己人才能得逞。⑳

事實上不論在理論或實際裡，盜匪之死，的確是喪在背叛者的手中，雖然警方常吹牛是自己的功勞，朱里亞諾就是一例——科西嘉甚至還有一句諺語專門描述這種現象：「死了才被殺，就像警察殺強盜。」各種民謠、故事中，這些出賣同志的該死叛徒，從羅賓漢本人遇害的年代，一直到二十世紀的近世，可謂「代有人出」：如背叛了傑西詹姆斯的羅勃福特(Robert Ford)，出賣了比利小子的「猶大」巴加雷特(Pat Garrett)，還有洩漏美國德州大盜山姆巴斯(Sam Bass)行藏的吉姆莫菲(Jim Murphy)：

> 哦！那吉姆該怎樣被烈火燒死，
> 當天使加百列吹起他的號角。

事實上記載在案的強盜之死，也往往不出這種範疇：十八世紀喀爾巴阡山脈的大盜多夫布斯(Oleksa Dovbuš)，其實非如傳說所歌，被他的情婦艾琪卡(Eržika)出賣，卻是被一個名叫杜茲溫卡(Stepan Dzvinka)的農人，在背後放暗槍打死，這個人還曾經受過他的幫助。朱里亞諾也是被人出賣，安喬利洛和哥利安提亦然。因爲除此之外，這種人物還可能會有哪種死法？

可是，他們不是神出鬼沒，刀槍不入嗎？「人民的強盜」，跟一般的亡命之徒不同，的確被人看成如此神通廣大。而這種想法，正反映他們與農民百姓一而二、二而一的認同。他們始終在鄉間活動，從外表上根本看不出有何異樣，穿著打扮亦與一般百姓無異，除非自己暴露身分，官府根本認不出他們的底細。村裡既然無人告密，他們和普通人就完全沒有兩樣，事實上這**不就等於**神出鬼沒的隱形人麼？隱身傳說中的奇聞、軼事，只不過是爲這種保護色的關係，賦予另一層象徵意義的表達而已。至於所謂的刀槍不入的不死神話，則可能屬於另一層較爲複雜的現象。就某種程度而言，它反映出盜匪人等在自己家鄉百姓的掩護之中，在自己熟悉的鄉里土地之上，所擁有的高度安全性。就另一方面而言，則顯示人民心中的期盼，那就是他們的鬥士是擊不倒的，死不了的。也就是這種心理，才有各種流傳久遠的神話與傳說：所謂的不死明君——以及不死俠盜——他們並未眞的死去，有一天將會再起，爲黎民伸張正義。一般老百姓不肯相信他「會」死、他「已」死，正是俠盜「俠性」的一種鑑定標準。因此，羅馬諾(Sergeant Romano)並未眞正陣亡，經常還有人看見他隱密地在鄉間獨自徘徊。安達魯西亞也有一些強盜被人如此傳頌，裴納雷斯(Pernales)即是其中一位：傳說他並沒有死，「其實」是出奔到墨西哥去了。傑西詹姆斯，則往加州去也。因爲人民的強盜如若敗亡，便代表著人民本身的挫敗；更糟糕的是，代表著他們希望的破滅。人，可以忍辱偷生，可以活在沒有公理、沒有正義之下——一般來說，人生也只有這一條路可走——可是如若沒有希望，那可眞是活不成了。

更有甚者，這種死不了的神話，不但具有象徵意義，更幾乎千篇一律，與法術奇蹟脫離不了關係。能得奇蹟庇佑，這表示神明也贊同保護他的作爲。義大利南方的強盜，持有曾經教皇或國王祝福的護身符，並認爲自己係在聖母瑪利亞的庇護之下。祕魯南部的土匪，膜拜吾鄉聖女（Our Lady of Luren）；巴西東北部的群盜，也有當地的聖人福祐。至於在某些具有強大機制性的江湖社會裡，如南亞及東南亞地方，魔法成分更發展得淋漓盡致，其涵義也更爲清楚明白。因此爪哇傳統的藍波克（rampok）強盜團體，根本上可視爲「以魔法加祕術爲性質而組成的群體」，其成員係以某種符咒做爲共同約束結成一黨（當然還有其他的結盟因素）。這個符咒可能是某個字、某種護身物、某句偈語，有時候也可能只是基於個人的強烈信念。至於得到這項符咒的方法也有不同，或藉打坐冥思之類的後天修道功夫，或經由贈與、購買，或係與生俱來的世襲之職。強盜們能夠隱身、不死，全是因爲這法術所賜。法術使得他們的下手對象全身癱軟，使他們動彈不得，使他們沉睡不醒。法術使強盜們可以經由神明的啓示，知道哪一天、哪一刻、哪一處，可以大肆動手，一定滿載而歸——不過同樣地，行動計畫既爲天定，一經指示定案，就嚴禁他們任意更改。有趣的是，像這種印尼強盜專有的魔法心理，在某種狀況下竟然也會成爲一般性的現象。每當人民大眾揭竿而起，充滿了新世界新盼望的激動興奮之際，往往便會產生這種幻覺，以爲自己有神靈護體絕不會死。因此，法術一事，可以表示強盜行動在神靈眼中的合法地位，也可能代表強盜首領的天職，或其目標任務的迫切性。不過，也可能是一種雙重保障的作用：一以補人工人力之不足㉑，二爲凡人的失敗找理由。因爲老

Robin Hoods Chaſe.

OR,

A Merry Progreſs between *Robin Hood* and King *Henry:*
Shewing how *Robin Hood* led the King his Chaſe, from *London* to *London*, and when he had ſpoken with the *Queen*, he returned to merry *Sherewood*.
To the Tune of, *Robin Hood and the beggar.*

COme you gallants all, to you I do call
with hey down, down, an a down,
that now is within this place,
For a ſong I will ſing, of Henry the King,
how he did Robin Hood chaſe.
Queen Katherine ſhe a match did make,
with hey, &c.
as plainly doth appear,
For three hundred tun of good red Wine,
and three hundred tun of beer.
But yet her Archers ſhe had to ſeek,
with hey, &c.
with their Bows and Arrows ſo good,
But her mind was bent, with a good intent
to ſend for bold Robin Hood.
And when bold Robin hood he came there
with hey, &c.
Queen Katherine ſhe did ſay:
Thou art welcome Lockſly ſaid the Queen
and all thy Yeomen gay.
For a match of ſhooting I have made,
with hey, &c.
and thou on my part muſt be:
Robin.
If I miſs the mark, be it light or dark,
then hanged I will be.
But when the Game it come to be play'd
with hey, &c.
bold Robin then drew nigh, (ſeen
With his Mantle of green, moſt brave to be
ye let his Arrows flye.
And when the Game it ended was,
with hey, &c.
bold Robin wan it with a grace,
Then after the King was angry with him
and vowed he would him chaſe.
What though his pardon granted was,
with hey down, &c.
while he with them did ſtay,
Yet after the King was vex'd at him,
when he was gone his way.
Soon after the King from the Court did
with hey, &c. (hye,
in a furious angry mood,
And did often enquire, both far and near,
after bold Robin Hood.
And when the King to Nottingham came
with hey, &c.
bold Robin was in the wood:
O come now ſaid he, and let me ſee,
who can find me bold Robin Hood.
But when that Robin Hood he did hear,
with hey down, down an a down,
the King had him in chaſe:
Then ſaid little John, 'tis time to be gone
and go to ſome other place.

國王追捕羅賓漢，最後與他交好：「俠盜」迷思中常見的主題。

天啓示的兆頭如果解讀有誤，或法術規定的某些要件沒有做足，原本不死不敗的英雄因此遭敗，並不表示他所代表的理想也因而幻滅。而且，噫吁哉，可憐的小老百姓其實知道，他們的鬥士、他們的護主，並不是眞的不死不倒。英雄也許必定再起——可是他們卻是屢起屢敗、屢生屢滅啊。

最後，俠盜也者，既爲正義化身，就絕不可能與正義公理的源頭有任何眞正衝突。這個源頭，可能是人，也可能是天。於是在強盜與國王之間，就有各種版本的傳說與故事，講述他們之間的對立與修好。即以羅賓漢英雄事蹟系列，就有好幾種不同的版本。國王，由於聽信了諾丁漢的治安長官(Sheriff of Nottingham)這一類邪惡小人的進讒，下詔追捕這名俠義的綠林好漢。雙方你來我往，打得好不熱鬧，可是國王始終拿不下英雄。最後，他們終於碰面了，英明的君主自然一眼看出好漢優美的品德，於是或允准他繼續他的行善大業，或正式收納他在自己麾下效命㉒。這類情節的象徵意義，不喻自明。至於是否眞有幾分事實根據(假定並非百分之百屬實)，就比較難說了。但是通常若沒有親身經驗，這種故事，很難令生活中充斥了盜匪的老百姓深信不疑。在國家權力不彰、王權不振，在天高皇帝遠實在管不到的情況下，官府確有可能考慮對偏遠地方的勢力團體採取綏靖手段，既然剿不了它，就只有和它妥協。如果強盜的聲勢夠盛，還得像對付其他任何壯大的武裝力量一般，審愼加以懷柔。凡是生活在盜匪如牛毛年代裡的人，都知道地方官得與匪黨首領維持一種「共事」

的關係，正如紐約市民都心知肚明，市警局和這類「亂民」就有這種關係(頁一二三—四)。有名的江洋大盜被國王赦免，甚至授與官職——安達魯西亞的荷西即被如此招安——這種事，既非不可思議，也不是沒有前例可循。而農民的英雄眾家羅賓漢等，自視為「忠義」之人，同樣也沒有什麼可怪，因為其思想意識本來就與身邊的小農階級如出一轍。唯一的難處在於，綠林好漢越接近老百姓心目中的眞正「俠盜」理想——亦即擁有社會意識，一心為窮苦黎民的權利奮鬥——官方張開雙臂歡迎他的可能性也就相對減低。這時候，政府當局可能會把他視做社會革命分子，天涯海角也要將他逮捕到案。

追捕強盜的過程，通常最多不超過兩三年即可完成，一位羅賓好漢的生涯平均也就是這個長度，除非他活動的地盤太偏遠，或擁有極大的政治庇護力量㉓。因為官府若眞有心，出動大批官軍圍剿(官軍下鄉，嚇跑強盜的效果不見得大，卻可令支持強盜的小老百姓大吃苦頭)，再加上高懸賞金，他的日子就只屈指可數了。只有現代化、組織化的游擊戰法，才可能曠日持久，長期不決。可是羅賓漢不是現代游擊隊，一方面他們領導的是小規模強盜隊伍，出了自家地界就一籌莫展；再方面他們的組織形態、意識思想，也太古老、太陳舊。

事實上，他們甚至算不上社會革命分子，或任何一種革命分子。雖然眞正的羅賓漢，往往也與

「他的」人民百姓的革命心聲有所共鳴，而且只要他辦得到，革命事起，他也會投身參與。關於這一點，我們在以下章節將有所考量。不過比較起來，他的目標很謙虛、很微小，他不求推翻現有制度。他起來抗爭，並非針對農民受窮受壓的事實；他尋求的目的，乃是建立或重建公理正義，或所謂「舊規」，亦即在一個壓迫苦待屬於人生常態的現實社會裡面，最起碼該有的世事公道。他扳正錯誤冤屈，但是他追求的目標卻不是一個自由平等的社會。有關他的故事，便充滿了這一類零零碎碎的小成就：為寡婦挽回田產，殺惡霸除去民害，放囚徒重獲自由，令枉死者深仇得報。最多（這種例子鮮少），他可能像義大利東南區阿普里亞（Apulia）的瓦達雷利（Vardarelli）一般，叫地方官發放麵包給為他們出苦力的工人，命他們允許窮人撿拾穀穗，或免費發鹽給老百姓（亦即免去稅捐）等等——這是一項極重要的功能，十八世紀江湖英雄傳奇裡的大盜孟杭（Mandrin），雖僅是一名職業的走私販子，卻輕易便榮獲羅賓漢的神聖光環，就是因為這個緣故。

但是一般的羅賓漢也就力僅於此了，雖然我們以下也會看到，某些社會裡的強盜，並非區區三五結黨、領上十來人就偶發性地變成英雄人物。這些地方的強盜，已經以一種永久確立的制度存在，因此在這類國家裡面，盜匪人等的革命潛力便較前者強出許多（見第五章）。傳統的「俠盜」，代表一種相當原始、初階的社會抗爭，事實上恐怕是最原始的一種。他只是一個拒絕向惡勢力屈腰的個人，

孟杭，十八世紀的走私販子，被塑造成頗受民衆歡迎的俠盜英雄。

如此而已。大多數像他這一型的人物，在不具革命環境的條件下，遲早都會抗不過誘惑，選擇一條比較簡單的路：或做一個不分貧富、見人便下手的普通強盜（除了自己村子不搶）；或投效大戶人家，爲領主看家護院；或納入體制，成爲與官方權力結構有默契的武裝團體一員。有這麼多容易的路子好走，卻依然有極少數人一身傲骨，不爲所動，不受汚染（至少故事是如此相信）。老百姓對他們熱愛渴慕，期盼有加，原因即在於此。他們鏟不倒迫害壓制，可是他們卻證明正義公理畢竟也有可能。他們證明，人雖窮，卻不必低聲下氣，不必一定無助，不必懦弱唯諾㉔。

因此，羅賓漢不能死。因此，雖然事實上他並不眞正存在，也要把他這號人物編造出來，因爲窮苦人需要他。他代表著正義、公理，沒有了正義公理，聖奧古斯丁(Saint Augustine)曾說，王國、政府，亦不過大寇而已。也許，這也就是爲什麼在推翻暴政無望、只能暗求重擔減輕之際，可憐的老百姓尤其需要他的出現之故。甚至在他們半同意半否定接受那些制裁強盜行爲的律法之際，他們的內心深處，卻也同時認爲，俠盜也者，代表著天理公道，一種今生無力實現的更高社會形式：

我，已遵從經上教導，

雖然，一生滿了罪惡，

見人飢寒，
給他溫飽；
也許是冬雪漫天時，
也許是秋葉滿山際，
我讓飢人飽，寒人暖，
富人，讓他空空去。㉕

---

❶Pearl Buck (translator), *All men are brothers*, New York, 1937, p.1258.

❷E. Morselli and S. de Sanctis, *Biografia di un bandito: Giuseppe Musolino, di fronte alla psichiatra ed alla sociologia*, Milan n.d., p.175.

❸C. Bernaldo de Quiros, *El bandolerismo en España y Mexico*, Mexico, 1959, p.59.

❹一模一樣的傳說，也在馬寇西多(Mate Cosido)身上發生，其人是一九三〇年代阿根廷廈谷地方的頭號社會型大盜。

❺M. Pavlovich, 'Zelim Khan et le brigandage au Caucase' in *Rev. du monde musulman* XX, 1912, pp.144,146.

❻V. Zapata Cesti, *La delincuencia en el Peru,* Lima n.d., p.175.

❼M. L. Guzman, *The memoirs of Pancho Villa*, Austin, 1965, p.8.

❽Alberto Carrillo Ramirez, *Luis Pardo, 'El Gran Bandido'*, Lima, 1970, pp.117-8,121.

❾Miguel Barnet, *Cimarrón*, Havana, 1967, pp.87-8.

❿R. V. Russell, *The tribes and castes of the Central Provinces of India,* Macmillan, 1916, 4 vols, I, p.60; Charles Hervey, *Some records of crime*, Simpson, 1892, I, p.331.

⓫Kent L. Steckmesser, 'Robin Hood and the American outlaw' in *Journal of American folklore*, 79, April-June 1966, p. 350.

⓬Pearl Buck(translator), op. cit., p.328. 編按《水滸傳》第十九回。

⓭馬帝內茲阿里埃(Juan Martinez Alier)曾於一九六四至六五年間進行一系列針對安達魯西亞當地農工的訪問，訪談中有力地指證了這一點。J. Martinez-Alier, *La Estabilidad del latifundismo*, Paris, 1968, chapters 1-6.

⑭凱莫(Yashar Kemal)的小說《鷹盜阿蒙》(*Mehmed My Hawk*)，頗能點明這種惺惺相惜的情愫。強盜大英雄奇襲之前，先預警地方上那名專門追捕強盜的警官，快找地方掩避。反之，警官也曾一度將阿蒙逼困山洞死角，當時洞內尚有強盜之妻，他新生的嬰兒，以及另一名婦女。爲救這三個人，阿蒙願意交出自己。警官上前接受他的投降，可是其中一個女人發話了：「你以爲，你是公平交手，抓住了他。其實你贏，只是因爲他不想讓孩子死掉罷了。」聽了這番嘲諷，警官竟無法動手去逮捕他，因爲這種贏法太不光彩，最後，竟放他逃了。

⑮大盜「早熟的」荷西的好夥伴巴雷哥(Luis Borrego)，後來竟做到巴納美治(Benameji)的鎮長。這個邊荒的開墾區顯然對強盜不存任何偏見。J. Caro Baroja, *Ensayo sobre la leteratura de Cordel*, Madrid, 1969, p.375.

⑯A. v. Schweiger-Lerchenfeld, *Bosnien*, Vienna, 1878, p.122; P. Bourde, *En Corse*, Paris, 1887, pp.218–9.

⑰妙的是，阿爾巴尼亞人竟然也奉他爲英雄，還有一首民歌講述他呢。這些資料皆取自Douglas Dakin, *The Greek struggle inMacedonia*, Salonica, 1966。

⑱F. Kanitz, *La Bulgarie danubienne*, Paris, 1882, p.346.

⑲*Il Ponte*, 1950, p.1305.

⑳Juan Regla Campistol and Joan Fuster, *El bandolerisme català*, Barcelona, 1963, II, p.35.

㉑印尼的強盜頭子，必須先以行動獲致成功，證明自己確有領導資格，才能獲得這種神奇能力。阿赫里亞達寇在出

動前會先測測吉凶，可是特別勇猛的首領人物(jemadars)，可能就不必去費這種事了。D. H. Meijer, 'Over het bendewezen op Java' in *Indonesie* III, 1949–50, p.183; Crooke, op. cit., p.47. 有一首關於藍彪的民歌，一如其他眾曲，就把此事描述得非常清楚。法師馬庫巴(Macumba，乃是某種巫醫或魔法師之類的人物)施行非洲法術(大家都知道，非洲法術的效果最厲害)，爲這位大強盜施法，以保他刀槍不入。可是法師也叮囑他，遇到非常狀況，什麼天上地下的玩意兒都得求告。Nertan Macedo, *Capitão Virgulino Ferreira da Silva: Lampiao*, 2nd edn., Rio de Janeiro, 1968, p.96.

㉒有些歷史學家甚至查考皇室帳冊，想找出英王曾賜俸祿給一位R. Hood者，以證明羅賓漢確有其人。

㉓雅諾契克爲時兩年，哥利安提三年，墨索里諾也是兩年，一八六〇年代義大利南方的強盜團體多數過不了兩年。可是朱里亞諾(一九二二—五〇)卻維持了七年之久，直到黑手黨不再照顧他爲止。

㉔傳說中強盜首領的性格，往往被描繪成軟弱或具有某些缺陷，而且很少是一夥人中最強的一位。這一點相當耐人尋味。因爲「天主要以他自己的例子證明，凡是膽小的、卑微的、貧窮的，只要神的旨意允許，都可以做出大事」。

㉕C. G. Harper, *Half-hours with the highwaymen*, London, 1908, II, p.235.

第四章　復仇者

神常暗自悔恨，
不該造了人類，
因爲一切盡是
不公、苦難、虛空，
然而人啊人啊，
儘管虔敬無限，
心裡不得不怨，
老天實在無情。

——巴西強盜傳奇❶

啊！諸位老爺呀，要是我能寫能讀，恐怕我早就已經把人類都給毀滅了。

——牧人兼大盜卡拉索，一八六三年於貝那芬托就捕時言不亂殺人，不濫用暴力，屬於社會型盜匪的理想形象。但是他們也像普通老百姓般，不過血肉之軀的平凡人，我們不必奢望這一群人在一起，可以共同達到這種道德境地，雖然他們本身接受這項標準，一般民眾也對他們有此厚望。但是話說回來，有些強盜手段行事之殘酷毒辣，實在令人毛骨悚然，殘忍到一個地步，簡直不能單單用人性敗壞的理由來解釋。更有甚者，這種恐怖作風還成爲他們整體形象的一部分。初逢乍見這種強盜，實在令人好生不解，爲什麼會有這種現象。但是說也奇怪，這種令人心悸的形象，卻不妨礙他們做成英雄，有時候，多少還正因爲此呢。因此，若說他們是矯枉糾惡的人物，倒不如歸類爲復仇者、行權者來得恰當。他們吸引人的地方，不在其做爲正義的使者，卻在另一種不同的訊息：他們證明即使是無錢無勢的窮人、弱者，也可以令人戰慄。

這些人人聞之膽寒的怪胎，是不是應該列爲社會型盜匪名下的一個特殊次團體，很難說。這種人所屬的道德世界，同時具有「俠義精神」與「惡獸性格」，有關他們的民謠、詩歌，對此均有描述。綠林詩人即曾有詩，詠嘆大盜藍彪道：

他把殺人當遊戲，
就只爲心裡不爽；

他給窮人糧食，
滿了仁義愛心。

巴西東北部的眾盜之中，有人因善行流芳，如偉大的席比諾(Antonio Silvino, 1875-1944，一八九六至一九一四年間爲強盜頭子)，也有人因暴行遺臭，如李布雷多(Rio Preto)。但是一般而言，巴西強盜的「形象」往往好壞參半。在此，借用某位森林吟遊詩人的敘述說明這種現象，此歌係描寫最有名的強盜之一，比古利諾費瑞拉(Virgulino Ferreira da Silva, 1898-1938)，也就是一般稱爲「大王」(The Capatin)或藍彪的那位名盜。

傳說吟道(在此我們感興趣的不是事實，而是象徵典型)，他出生於巴西東北伯南布哥省(Pernambuco State)乾燥內陸山腳下的一戶正當人家，雙親從事農牧，養殖牛群，此時「猶是內陸地區相當繁榮的年代」。他愛好知識，這意味著故事中的他，並不特別剛強有力，一些軟弱者一定因此可以與大強盜獲得相當認同。詩人薩維勒(Zabele)吟道：

藍彪所在之處，

小蟲也勇氣倍增，
猴子迎戰惡虎，
綿羊屹立不縮。

他的舅舅羅沛斯(Manoel Lopes)認爲，這孩子長大了一定得當醫生，這個異想天開的念頭，令當地人莞爾，因爲——

在這山林野地
可從來沒見過半個大夫；
這兒的人，只認識牛仔，
或成群結夥的強盜，
再來，就只有唱山歌的兒郎。

總而言之，年輕的比古利諾可不想當大夫，他的志向是做牛仔，雖然只上了三個月的學，卻不但識字知數，而是還很會作詩。十七歲那一年，費瑞拉一家被人冤枉偷竊，遭諾蓋拉家族(Nogueiras)趕出家園，一場宿仇於焉展開，比古利諾亦因此走上不歸路。有人對他說：「比古利諾，要相信老天自有公道。」他卻答道：「聖經上說，要光耀你的父母，如果我不為我們的姓氏出頭，還算是男人嗎？」於是——

他到聖佛蘭斯科(São Franciso)城裡
買了火槍、短刀。

召集一家兄弟，以及另外二十七名好漢(詩人只知道他們的外號，都是街坊上的好弟兄——通常以強盜為業者都好以外號相稱)前往攻打韋梅哈山(Serra Vermelha)的諾蓋拉家族。從流血械鬥，到落草為寇，是必然的結果，加上諾蓋拉的勢力龐大，這條路也是非走不可了。藍彪遂變成四處出沒的強盜，甚至比席比諾還要有名。自從後者於一九一四年被擒後，綠林英雄榜上就留下了一個大空缺等人塡補：

不論官兵，還是小老百姓，
到他手裡，誰都保不住身上那層皮。
他的寶貝，是那把短刀，
他的槍法，出神入化……
他讓富人，都成乞丐。
你的膽子再大，也要倒在他的腳下，
你若沒有膽子，只有溜爲上策。

但是，在那做爲東北大煞星的多年時光裡(約一九二〇—三八)，詩人吟道，他始終爲自己被命運撥弄，不能做一名誠實工人，卻成一代大盜感到萬分遺憾。命運的安排，等於注定他免不了某種死法，運氣好的話，只希望能死在一場公平對決。

對於民眾而言，他過去是，今天還是他們的大英雄，可是地位卻有點曖昧。詩人最後也不得不向形式的道德禮教低頭，寫出當大盜引頸就戮之際，北方一片歡天喜地(不過，可不是所有民歌都採取這個觀點)。詩人如此落筆，也許是出於謹愼吧。邊地蚊子鎭(Mosquito)上某個居民的說法，恐怕才是比較典型的反應。官兵下鄉，把人犯的首級裝盛在煤油罐裡，好讓大家相信藍彪的確死了，這人說道：「他們把大王殺了，因為禱告再強，見了水就不靈了。」❷原來藍彪最後藏身之地是一條乾河床。若不是法術失靈，藍彪哪會有傾覆的道理？不過，他雖然是英雄，卻不是**好**英雄。

誠然，他在決心下海之前，曾專程朝見茹阿澤魯的彌賽亞西賽羅，求他賜福。雖然聖者苦勸他不要誤入歧途，畢竟還是賜給他一卷文書，册封他為上尉，他兩個兄弟為中尉。但是筆者在此所本的民謠篇章裡面，卻絲毫不曾提及他曾做過任何矯枉糾惡的善事(除了為自己一夥人找回公道之外)。既不曾劫富濟貧，也從未執行公義。詩文記載了無數戰役、負傷、襲擊市鎮(如果巴西內陸森林裡那些野地可以算做市鎮的話)、綁架、攔路搶劫富人等事蹟，以及與官兵、女人、飢渴等各種冒險奇遇交手的經過。可是卻沒有任何事令人想起羅賓漢式的作為。反之，全篇記載的都是「恐怖」：藍彪如何殺死一名人質，雖然該人的妻子已經付了贖款；怎樣屠殺勞動者；怎樣虐待一名老婦，只因她咒咀了他幾句(可憐她根本不知道眼前接待的這位煞星是誰)，便令她全身赤裸，在仙人掌叢中跳舞，直到不支死去；又如何殘忍地將一名得罪他的手下凌虐致死，活生生逼他吃下一公升的鹽巴。諸如此類的殘酷情事，恐怖、無情，是這名大盜的特色，遠比他做為窮人之友的角色為重。

說也奇怪，實際人生裡的藍彪，雖然的確喜怒無常，捉摸不定，而且有時候確也相當殘忍，但他卻以正義的維護者自居，起碼在一個非常重要的層面，也就是性道德方面。

對付玩弄女人的傢伙，他的方法是去勢，更嚴厲禁止手下強暴女人。有次一名女子被控背叛，藍彪竟下令薙光她的頭髮，剝光衣裳拖著走，此舉連他自己強盜夥裡的手下都很覺駭異。說起來，在他的隊伍裡面，最少有過一個人具有幾分羅賓漢的眞性情，此人名叫羅克(Angelo Roque)，諢名拉巴瑞達，洗手不幹後在巴伊亞省(Bahia)法庭擔任守門人。不過這類品德在整個傳說裡並不多見。

恐怖，的確是無數強盜形象的一部分：

維琪(Vich)大地之上
我過盡皆戰慄。

發此言的英雄人物，乃是眾多歌詠十六、七世紀加泰隆尼亞強盜的民謠之一的主人翁。在這些歌謠裡面，「有關慷慨大方的事蹟並不多見」(此話是他們傑出史家富斯特〔Fuster〕所言)。不過，就其他方面而言，其中一些最受歡迎的英雄畢竟相當吻合「俠」盜典型。他們之所以上山爲盜，係因某種非罪惡型的行爲所致。他們只搶有錢人，不搶窮人，他們貫徹初衷，「榮譽」到底，比方「只爲榮釁而殺」即是。恐怖，卻是黑盜客不可分離的特質之一，我們在下章將會看見。在此，這項特質又和某些「俠盜」性格混合。於是恐怖殘忍，遂在一名純屬虛構型的亡命之徒身上，與「俠義高貴」的品德同時出現。此人名叫穆立塔(Joaquin Murieta)，早年在加利福尼亞地方領導墨西哥人對抗北佬——其人其事純係文學發明，不過活龍活現，以假成眞，已經進入加州民間傳說，甚至成爲其歷史編年的一部分。在所有這一類例子裡面，強盜，本質上是象徵權力與報復的符號。

反之，那些無緣無故、隨便凌虐殺人的眞實事例，一般而言，卻非典型強盜的所作所爲。因此在一九一七到一九二〇年代末期橫掃祕魯瓦努科縣分的那場腥風血雨，若列入強盜現象，可能便不盡正確。因爲騷動中間雖然也有搶劫情事，但此事變之起，卻不被認爲「全然因此。主要係恨意、仇殺所致」。根據證據顯示，這場屠殺的起因，確係因爲兩家族宿仇而起，結果失去控制，大家陷入一片你死我亡的瘋狂高熱之下。於是除了自己的村莊、鄉里之外，眾人在各地「冷血地姦、殺、掠、毀」。至於一九四八年之後的那幾年間，發生在哥倫比亞的一場更恐怖的大暴動，也遠超出一般普通強盜的範疇。其中的恐怖手段，包括「在已經嗜血成狂的眾人面前」，將人犯剁成小塊，「以滿足他們的野蠻快感。」（這種凌遲手法，後來被稱爲 picar a tamal〔把玉米餡餅剁碎一塊一塊吃〕。）一場農民革命半路流產，遂變成無政府的亂象，爲暴力而暴力的病態心理，再沒有比此處表露得更駭人了，雖然聽說在這個嗜血為樂的鄉間裡面，以往幾次的游擊活動早就採用過這種剁人肉以為快的殘忍手段❸。值得注意的是，這類殘忍屠殺成風的事例，即使從親身參與者的標準來看，也屬太過。如果說，內戰的廝殺無情，使人瘋狂到將整車整村手無寸鐵的乘客或村民屠殺殆盡，是一種可以理解的情況；那麼從懷孕婦人腹中活生生扯出胎兒，並塞回一隻雞的非人暴行（有人歷歷為證），根本就只能以自覺的「罪孽」視之，已屬超乎法律之外的罪行，為道德天地所不容。殊可怪者，犯下這些滔天暴行的惡者之中，有些人竟然是、並始終是當地民眾眼中的「英雄」。

所幸，過度極端的凶殘暴虐，只在某些節骨眼上與盜匪行為交疊。不過這種情況雖非常態，其分量頻率卻足以令人正視，需要採取一種**社會現象**的角度加以闡釋。（至於某某某強盜本人，可能是個精神病瘋子，與此處的討論主題無關。事實上若說大多數農民強盜都心理異常，可能性甚低。）

種種異常的暴力現象，可能出於兩項原因，但仍然無法做為充分全面的解釋。其一，借用土耳其作者凱莫之言，是因為強盜賴以存在的法寶有二：「一以愛，一以懼。若只能在民眾中激起愛戴，反而礙手礙腳不好辦事，變成一種弱點。但反之若只能令民眾恐懼，就只會招來他們的恨惡，就沒有人支持他們，幫助他們了。」❹換言之，就連最好最善的強盜，也得不時顯示一下，他其實也可以有很「恐怖」的一面。其二，殘酷的手段與報復是不能分家的一體兩面，而報復一事，即使對最崇高最偉大的強盜來說，也是百分之百合情合理的行爲。單純地以牙還牙，以眼還眼，完全用其人之道還治其人，讓欺負人的傢伙同樣嚐嚐當初自己令別人屈辱的滋味，其實是行不通的。因爲這些有權有勢的惡人，擁有眾人所沒有的財富、勢力與社會地位；受欺者沒有這一套優勢結構的支持，唯一的出路，只有經由社會革命。只有革命，才能把既得利益階級趕下台來，只有革命，才能讓卑微無力者出頭翻身。他沒有公共系統的資源，所賴者唯有自家自身，而其中最立即直接有效的手段，也就是暴力殘忍一途。因此在那首記述強盜暴行的保加利亞著名民謠〈史多暗與聶妲莉〉(Stoian and Nedelia)裡面，史多暗與同黨襲擊當年爲僕的村莊，找虐待自己的主人聶妲莉報復，他將聶妲莉擄來爲傭，伺候眾家強盜。可是區區羞辱終究不夠，最後還是砍下她的腦袋才算大仇得報。

但是，論起某些毫無緣故，忽然就凶性大作的暴行，以上兩項理由顯然不足。在此，勉強提出兩種保留看法——有所保留，係因爲社會心理學一門尚屬洪荒莽林，隨便冒失擅闖，智者不爲。

有一些極其殘忍的著名事例，往往與社會中特別受辱、特別劣勢的群體(如生活在白人種族主義社會裡面的有色人種)，或受到多數極端欺凌的少數有關。因此，專門對抗統治階級英美佬，爲加州墨西哥裔民眾出頭出氣的強盜頭子穆立塔，其切羅基印第安族(Cherokee)的出身，恐怕絕非偶然，因爲比起墨裔，印第安人更屬於完全受制於人的少數族群。穆立塔一手創立的盜黨，義行可風，卻也出了名地凶殘。洛佩茲阿爾布亞(Lopez Albujar)曾撰文描寫祕魯瓦努科地方橫掃印第安農民的血腥狂風，即銳眼道破其中關聯。這些「強盜」，燒、殺、擄、掠，歸根究柢，就是「爲報復那些非我族類者的貪得無饜者」，也就是白人。一九五二年革命事起以前，玻利維亞的印第安農奴偶爾也會起來殘酷報復他們的白人主子，同樣顯示一種由被動遲鈍、忽然轉爲憤怒狂暴的一時情狀。

玉石俱焚、不分對象的瘋狂報復？是的。但是或許，尤其在那群永遠無助、永久受害的弱勢群體當中，即使在夢境裡面，也沒有眞正得勝的希望。於是極端的暴亂，便成爲一種「毀滅式的革命」。反正「美好」世界永無可能，不如一舉將人間全部傾覆爲焦土。美國黑人民謠中的神話英雄史塔哥雷(Stagolee)，便如地震山崩般將全城毀爲廢墟，儼然參孫(Samson，聖經中的以色列大力士英雄)化身。而布萊希特(Brecht)筆下的海盜珍妮(Pirate Jenny)，原是三流小旅館裡職位最低、最沒有地位的廚房打雜，受盡上下人等欺凌。只有幻想海盜們駕著八帆大船來到，奪下全城，並問她有誰可以免死。不，一個活口也不能留，他們全都該死。當他們腦袋落地之際，海盜珍妮還要開心地嘲弄一番。義大利南部受壓的奴工人口，也流傳有他們的幻想傳奇，故事中的英雄馬帝諾(Nino Martino)是卡拉布里亞的強盜，夢想全人類遭到滅亡。能夠在這種狀況之下取得權力，任何權力，其本身便是一種勝利。殘殺、凌虐，是用以宣示終極權力的最原始、最個人的手段。起事者越覺得無助，越覺得自己位低力微，越需要想辦法宣布並展示自己的權力。

即使在他們取得勝利之後，得勝本身，卻更造成毀滅之必要。這種必欲毀之而後快的誘惑，乃由於原始落後的農民叛軍本身，事實上並沒有一套積極建設的計畫。他們之所以起事，只在負面地除去令眾人受苦受難的上層結構。在他們以爲的印象中，過去美好的時光裡，人人安居樂業，事事公平公正。燒殺毀滅，旨在挪去一切無用之物，淸除那些對胼手胝足、親力耕牧之人來說，所有不必要的障礙腐敗。污穢既去，所餘者自然只有美好、純淨與自然了。因此，義大利南方的盜匪游擊勢力，不但將他們的仇家以及令他們不得超生的賣身契約滅去，順便也把那些多餘無用的有錢人一起殺了陪葬。他們的社會正義，就是毀滅破壞。

不過另外有一種暴行，即使在一般特別有殘暴傾向的社會裡，也被視爲過分。這種暴行之所以發生，則出於另一種可能狀況，通常是在社會經歷急速變遷之際。在這種時期裡面，一些用以節制毀滅亂象的傳統機制俱遭破壞。失控走樣，家族之間械鬥紛起，原是流血報復社會裡的常態，通常自有其自我煞車的裝置。因爲一旦兩方扯平（也許是對方也死一個人，或其他任何補償），就會談判講和，或經由第三者溝通擔保，或化干戈爲玉帛通婚，或他種雙方都能接受了解的方式。所以殺戮可息，不會永無寧日。但是萬一出於某些原因，煞車出了毛病（比方新成立的政府不顧地方習俗，莫名其妙地亂管閒事，或出頭爲較具政治影響力的一方撐腰等等），兩家械鬥，就會一發不可收拾，變成冤冤相報，永遠沒完沒了的你死我活。最後，不是一方徹底家破人亡，就是多年戰火之後，重回一開始本來就可以達成的談判桌上媾和。一如藍彪的例子，傳統用來解決家族械鬥的制動機制，一旦失靈，很可能與其他因素結合作用，一起構成亡命之徒與強盜賊匪出現的動因。（事實上，論起巴西強盜生涯的肇始，幾乎一成不變，都是起因於宿怨械鬥。）

社會控制的裝置失靈，從以下幾項絕佳事例可見一斑。原籍門的內哥羅（Montenegro）的南斯拉夫作家吉拉斯（Milovan Djilas），即曾在他精采的自傳性作品《不公大地》（*Land without Justice*）裡面，描述原本爲國人恪守的舊有價值系統，如何在一次大戰之後破壞殆盡。他還記載了一段奇特情節。原來信仰東正教的門的內哥羅人，除了在自己內部好鬥之外，也習於與鄰——或是信奉天主教的阿爾巴尼亞人，或是皈依回教的波士尼亞人——爲敵，一向不是他打人，就是人打他。一九二〇年代初期，某隊人馬又出動襲擊波士尼亞村莊，這本是亙古以來即有的勾當，不足爲奇。可是這一回，他們卻做出一項過去的襲擊者從來不曾做過、他們自己也知道不應該的暴行：凌虐村人、強姦婦女、殺害幼童。這種行爲，連施暴者本身也驚懼不已，更可怕是，**他們完全不能控制自己**。長久以來，人人對生活裡必須恪守的規範都十分淸楚，他們的權利義務，一如行爲的範圍、準則、限制、時地和目標，一切都有習俗界定，有前例可循。其強制性的作用，不但來自傳統，也屬於社會系統的一部分，因此現實與規定，其間相去不遠，無甚牴觸。但是如今其中一環忽然不靈了，因此，這些人再也不能自許爲「英雄豪傑」，因爲(根據吉拉斯的說法)在奧地利帝國入據年間，他們並未以死相抗。一環失靈，其他環節也跟著不動：此時此地出草，豈能再以「英雄」自視，再有「英雄」作爲。一直要到日後，當英雄價值系統在另一個較具存活條件的新基礎上重建以後——說來矛盾，新生的基礎竟是門的內哥羅人大規模轉從共黨——整個社會的「心理平衡」才會逐漸恢復。一九四一年在抗德的呼召聲下，成千男子攜械入山，方才得以重新「光榮地」戰鬥、殺敵、犧牲❺。

因此，盜匪現象隨社會的不安與騷動而生、而猖獗。這種時刻，往往也最具有促成殘行暴增的條件。基本上，除了盜匪向來是爲窮人復仇的使者之外，極端的暴行並不是他們主要的形象。可是遇上社會動盪不安的時節，暴行出現的頻率就開始增加，進行的手段也更爲系統化。尤其在農民起事之後，如不能轉換爲社會性的革命行動，與事者又被迫淪爲亡命之徒、專事打家劫舍的情況下，此中的苦毒恨意最深：他們飢寒交迫，甚至對棄他們獨鬥的窮苦百姓也充滿了怨憎仇恨。更有甚者，成長於毀滅灰燼的第二代，這些「暴力之子」，從小所見是家園的破碎，父兄的屍骨，以及母姊被辱的身軀，自己的一生至終也只有走上法外一途。不堪的心情於內，暴力的行爲遂愈發於外：

最令你難忘的景象是什麼？

是見我的家園在大火中毀去。

最令你痛苦的情境是什麼？

是見我的老母我的幼弟在山間飢號。

你受過傷嗎？

五次了，次次都是槍傷。

你最想要的是什麼？

求他們別來煩我，讓我可以工作，讓我可以識字。

可是，他們一心只想殺我。他們不打算讓我活命。❻

說話的人，是哥倫比亞強盜頭子羅哈斯（Teofilo Rojas，諢號「電火花」〔Chispas〕）。訪問時年紀只有二十二歲，卻已經犯下了四百件滔天大案：在羅莫拉雷斯（Romerales）一次屠殺了三十七人，在阿爾塔米拉（Altamira）殺了十八人，在奇里（Chili）又殺了十八人，在聖胡安（San Juan de la China）和薩拉多(El Salado)先後各殺了三十人，在多奇(Toche)、瓜杜亞(Guadual)各殺了二十五人，在納蘭何斯(Los Naranjos)殺了十四人，如此等等。

天主教蒙席古斯曼(Monsignor German Guzman，編按：蒙席爲比神父高一階的頭銜)，對祖國哥倫比亞的暴行現象了解甚深。他筆下，刻劃過這些失落於無序亂象、成長爲殺人兇手的一代：

對這些人來說，人與大地，原是他們農民生活裡不可分割的一種關係，如今卻被撕裂了。他們既不犁田，也不種樹……他們是一群生活中沒有了希望的男丁——事實上根本還是少年。他們的生命，纏陷於易變的不確裡，唯有在冒險中尋求表達，在死亡遊戲裡找到自我實現；這一切，沒有任何超自然的虛泛意義。再者，他們沒有了田園，也就失去了安錨落地的感覺，失去了關愛的對象，失去了所以獲取寧靜、安全、永恆的所在。他們永遠在徘徊、在探險、在流浪。隨著不安定，隨著與土地家園分離而來的，就只有步上亡命的不法之途。要他們停下腳步，要他們喜愛上一個地方，就等於叫他們放棄自己，就等於盡頭、結束。其三，無根的亡命人生，將這些年輕的社會公敵帶往永遠屬於暫時、永遠不安、永遠迥異於已經失落之故園的新環境。遊牧式的生活意味著無秩序的追尋，追尋著不再有穩定架構可供依存、只能乍現於情感上的片刻滿足。他們在性意義、性情結上的焦慮，他們不時犯出病態罪行的頻率，癥結就在於此。他們所認識所表達的愛，只有強暴，再不然就是姘居……一旦認定女子有離開他們的意思，只有殺了她們。其四，農村生活完整性不可或缺的一個要素，「田間路」，對他們也完全失去意義。高地居民對於他們負重來往的路徑甚爲愛顧，甚至內化成自己的親密所有。這種對「路」的眷愛顧惜之情，使得衆人沿著路徑來來往往。可是反社會的土匪卻不然，他們刻意離開一般人熟悉的路徑，因爲官兵循路捉拿他們；或因爲游擊戰術的運用，迫使他們必須另找據點或祕徑，以做埋伏奇襲。❼

在這種情況之下，只有堅定的意識思想及紀律，才能防止他們墮落爲荒野的狼群，可是草根性的反叛分子，向來不具這兩項特色。

不過，盜匪之徒雖然的確難免做出脫離常軌的變態暴行，我們卻要指出，最常出現、最典型的暴力酷行，往往與報仇密不可分。他們固然因本身所受的屈辱向自己的仇家尋仇，也向一切欺凌他人的壓迫者報復。一七四四年五月，賊將多夫布斯攻擊鄉紳瑣羅尼基(Konstantin Zlotnicky)的宅邸，把後者的雙手按在火裡燒炙，並將滾燙發紅的火炭倒在他身上，卻拒絕任何贖金交換。羅佛(Lwow)

的西都會修士(Cistercian)記載他道：「我來，不是爲了勒贖，卻是來索你的靈魂，因爲你已經讓大家受苦太久了。」瑣羅尼基的妻子，還有未成年的兒子，也被多夫布斯殺了。有關這一節的記事，修士們如此結語：瑣羅尼基的確是一名殘暴的主子，當年曾有多人因他喪命。當地人因此鋌而走險，落草爲寇，暴力生暴力，流血要血還❽。

---

❶Antonio Teodoro dos Santos, 'Lampiao, king of the bandits' in *O poeta Garimpeiro*, chapbook, Sao Paulo, 1959.

❷Nertan Macedo, op. cit., p.183.

❸cf. Paris Lozano, 'Los guerilleros del Tolima' in *Revista de las Indias*, Bogota, 1936, I, no. 4, p.31.

❹Y. Kemal, *Mehmed My Hawk*, Collins, 1961, p.56.

❺門的內哥羅人雖只佔南斯拉夫百分之一點四的人口，卻在游擊部隊裡提供了百分之十七的門裔軍官。

❻Guzman, Fals Borda, Umaña Luna, op. cit., I, p.182.

❼ibid, II, pp.327-8.

❽Ivan Olbracht, *Berge und Jahrhunderte*, East Berlin, 1952, pp.82-3.

第五章　黑盜客

聶木哥成了孤兒，
再也沒有爹娘，
爹爹留給他一塊地，
在人間，卻再已無人教他，導他，帶他，
如何耕種收割。
於是他成了一名黑盜客，
做了黑盜客的旗手，
照看他們的財寶。

——黑盜客民謠❶

在東南歐一隅的山間裡，以及那一片空曠的平原上，從十五世紀開始，天主教大領主與土耳其征服者先後來到，小農的生活負重從此日沉一日。然而在人口較密，統治較緊的地區之外，卻依然留下一片擁有自由可能的空間地帶。於是在那些被迫離開家園，或逃避奴役的外逃人口中，興起了一批批武裝好勇的自由人。一開始，全是單打獨鬪，臨時起意；後來，就比較有組織有規模了。一位學者曾將這群人稱之爲「崛起於自由小農中的軍事層級」，而他們也成爲這一大片地區的特有現象。這一類人，在俄國被稱爲哥薩克，在希臘是剋雷夫，在烏克蘭是海達馬客(haidamaks)，在希臘之北的匈牙利及巴爾幹半島則稱之爲黑盜客(Haiduks、hajdú、hajdut、hajdutin)。黑盜客原本可能是土耳其或馬札兒語，但是眞正的起源與意義，卻一如當地眾多事物一般，爭議甚大。基本上係指那些個別的小農異議分子的總稱；而這個階級，我們已經指出，正是產生標準範本強盜的溫床。

一如羅賓漢與復仇者所從出的人口，黑盜客並非一開始就以挑戰權威爲職志。有時候，比方說在匈牙利的某些地方，他們很可能棲身於領主的庇蔭之下，以作戰服務換取自由人身分的認可。隨著現實與語言的自然變遷，「heiduck」一詞，原本雖然只是形容那些最傑出、最卓越的自由人強盜兼解放者，日久也演變成專指日耳曼貴族麾下各種隨從傭役當中的一類。一般而言，如在俄羅斯，他們自沙皇或其他王公手中領受土地，報之以維持軍火人馬的義務。並在自選的首領統率下，與土耳其人作戰，因此成為軍事邊區的守軍，有點像行伍身分的騎士階級。不過黑盜客最重要最根本的首二特質，一具備自由人的身分——因此自然瞧不起那些必須卑躬屈膝服侍人的農奴，地位也優越許多；二不具備無條件效忠的精神——因此他們的存在遂對反叛及逃跑分子產生無上的吸引力。十七、八世紀在俄國興起的大規模小農叛變，怒火全都肇始於哥薩克邊區，可見一斑。

此外，由於在他們出沒活躍的地區，多數「王公貴族」都是不信的異教土耳其人，光憑這點，就足以使他們拒絕依附於任何天主教的「王公貴族」之下，而這也成為黑盜客的第三項特質。這些既不屬皇家也不俯貴族的自由黑盜客，就職業言是強盜，就社會角色言是土耳其人的敵人，以及民眾的復仇者，從事原始形態的游擊式反抗及解放運動。他們以這種姿態，首次出現於十五世紀，最早可能是在波士尼亞及赫塞哥維那(Herzegovina)，其後遍及巴爾幹與匈牙利，在保加利亞尤其有名，該地最早記錄在册的「haidot」首領，始於一四五四年。筆者特地抽選這批人物，以代表原始強盜現象的最高形式，也是最接近具有永恆性及自我意識的農民叛變。這類黑盜客不但出沒於東南部的歐洲，在世界其他各個角落，如印尼，以及最有名的事例，帝王時代的中國，也以各種不同名目存在。通常在外族外教的征服者壓迫之下，最容易出現這一類事例(其中原因，自然不言可喻)，然而，卻也不僅限於此。

意識形態或階級意識，並非驅使小民鋌而走險成爲黑盜客的常態動機，即使那些迫使個別強盜下海的非犯罪型衝突糾紛，在此也不是特別普遍的原由。這種人固然也有，如(爲我們留下無價自傳的)一八五〇年代保加利亞黑盜客頭子希拓夫(Panayot Hitov)，就是在二十五歲那年，因某件內情不明的法律糾紛，與一名土耳其執法人員大打出手，方被迫出奔上山。但是一般而言，如果我們採信無數有關黑盜客的民謠歌詠所言(這類民歌，也是我們認識這類盜匪形式的主要來源)，落草成爲黑盜客，純粹係出經濟性的動機。冬寒、暑溽，生活是如此多艱，有一首歌這樣詠道，羊隻紛紛死去，因此史多暗只有投身爲盜：

任何人，若想成爲自由的黑盜客，
請走這邊，站在我的身旁，
於是二十條好漢結成一幫，
不分彼此，我們之間毫無隔閡，
沒有利劍，只有木棍用做武器。❷

反之，另一名黑盜客塔丹哥(Tatuncho)卻在母親懇求之下回歸家園，至少，她指出當強盜也餵不飽自己的一家人。可是土耳其蘇丹派出大軍來追捕他，他把追兵全部殺了，把敵人腰帶的錢財悉數帶回：「這不都是錢嗎？母親，誰說做強盜養不活他的老娘來著？」事實上如果運氣好，上山當土匪，可比下田種地的經濟情況好得多。

在這種狀況之下，純粹社會性的盜匪殊爲少見。除了希拓夫自己，他還從眾位打家劫舍的好漢當中，找出另一位屬於這一類的例外做陪：有一位活躍於一八四〇年代的瓦塔奇(Doncho Vatach)，即專門找土耳其壞蛋下手，並廣施搶來的錢財，濟助保加利亞窮人。英人作品《家在保加利亞》(*A Residence in Bulgaria*, 1869)一書也指出，保加利亞標準的「俠盜族」，常具有回教英雄精神，並多爲「家世良好」的土耳其人(chelibi)，亦即與擁有家鄉眾人支持的普通強盜(khersis)不同，更非殺人爲業的不法惡徒黑盜客。後者天生殘酷，除了自家同黨，沒有人擁戴他們。這種說法也許稍嫌誇張，可是黑盜客顯然絕非羅賓漢，他們加害的對象，更不分貧富，見人就搶。諸如以下涵義的詞句，在民謠裡層出不窮：

多少母親，因我們哀哭其子，

多少女子，因我們變成寡婦，
多少孩童，因我們淪爲孤兒，
因爲我們自己，也是無後無子的男人。

黑盜客的暴行，是民歌裡熟悉的主調。他們與農民階級之間的隔絕，無疑比古典的社會型盜匪更爲決絕長久。他們不但沒有主子，而且——至少在落草期間——也沒有親人家族（「沒有母親，也沒有姊妹」）。他們與農民的關係，與其說像毛澤東所說的「如魚得水」，不如說更類似離鄉背井、半永久性放逐的軍旅生涯。其中很高比例的人數，其實本就是牧人或牲畜販子，也就是說，是一群半候鳥型不斷遷移之人，與定居型墾殖農區的關係間歇而淡薄。因此希臘的剋雷夫（或許連斯拉夫的黑盜客在內）擁有其特殊的語言或暗語，自有重大意義。

因此，在強盜與英雄之間，在農民大眾眼中的「好」漢與「惡」徒之間，要區別其分野就特別不容易了。在有關黑盜客的歌謠裡面，提及強盜們的罪惡之處，不下於對他們義行的歌詠。中國名著《水滸傳》裡，就對殘忍行徑多有著墨（這些家喻戶曉的事蹟，也就是好漢們至終逼上梁山，與各路英雄聚義一堂之前的種種經歷）❸。黑盜客型英雄的定義，根本上屬於政治層次。根據某些傳統原

山中小徑，是強盜熟悉的背景環境。圖中爲保加利亞的黑盜客。

則，在巴爾幹地方，他往往是一名全國性大盜，亦即基督徒的護衛者，爲基督徒向土耳其人報仇。只要他堅持與壓迫者爲敵，他的形象就可保持正面不墜。雖然他的行爲屬乎黑暗，他的罪愆最終也將引導他隱入道院爲僧，用盡餘生懺悔，或令他爲罪惡付出代價，遭病魔纏身久年。黑盜客與「俠盜」不同之處，在於他們不需要人們的道德認同；與復仇者迥異之處，則在「殘暴」並不是黑盜客的基本特質。他的暴行所以被人容忍，乃是看在他對人民有功的份上。

他們爭自由以抗奴役的成分，遠不及靠搶劫以避貧窮的動機來得強烈，可是這一群社會邊緣人的集合，之所以轉變成「類政治」

的運動，是出於一股極爲強有力的傳統，一種爲人所公認的集體社會機能。我們已經看見，他們上山爲寇的動機，主要出於經濟需要。可是要成爲一名黑盜客，技術性的表現卻是「起來反叛」，因此依定義，黑盜客是一名叛亂分子。他加入的組織是一個可辨識的社會群體。若沒有羅賓漢，雪塢林裡的快活人就毫無意義可言；可是巴爾幹地方的「黑盜客」，一如中國山澗水滸的「強盜」，卻始終存在，並在那裡接納不滿分子或不法之徒。他們的首領人事會遞嬗，眾頭目中，有的會特別出名，有的則比其他更具俠義心腸，可是黑盜客一族的存亡及名聲，卻從來不靠任何單一個人而存在、而顯揚。因此，就這個程度而言，他們屬乎一種爲社會所認知的英雄集團，事實上就筆者所知，各類黑盜客歌謠系列裡面的主人翁，往往都不是眞實人生裡赫赫有名的大頭目，卻是一些姓名不詳——甚至如一般農民般，喚做史多暗或伊凡哥（Ivantcho）等無名之輩——有時，甚至不一定非是強盜夥的頭目不可。不過希臘的情況比較不同，在有關剋雷夫的希臘民謠裡，英雄無名的程度顯然較輕，歌中反映社會眞相的層次也較低。他們的詩歌作品，屬於歌頌職業戰士（或自讚自稱）的文學一脈；他們的英雄定義，根本上都是家喻戶曉的的知名人物。

既能長期存在，必有正式的組織與結構。《水滸傳》裡的梁山泊大寨，階級森嚴，組織嚴密，其中原因，並不單因爲梁山不像那片愚莽無文的歐洲大地，它擁有一位知識分子主持局面，此人曾任政府小吏，因情勢所迫不得不逼上梁山(事實上小說中一處主要情節，即係描寫另一位劣等落第文人出身的頭目，如何被優秀讀書人取代的經過，此事代表一流頭腦的勝利。而考場失意，顯然是天朝之下政治不滿分子的淵藪)。黑盜客強盜，係由公推的首領領軍，在旗手(standard-bearer or bairaktar)的協理之下，負責籌措供應軍火；旗手則另有掌旗之責，同時也兼任司庫及後勤主管(quarter-master)。俄羅斯以及某些印度達寇強盜部落如山奚涯(Sansia)，也有類似軍隊的組織與用語。山奚涯的作戰隊伍(sipahis, sepoys)係由頭目率領，每次出動掠得的戰利，小嘍囉每得一份，頭目可得兩份，另外還配有總數的十分之一，以供採辦火把、箭矛等各項強盜行頭之用❹。

因此從各種角度而言，比起散落各地、由農民社會出身的羅賓漢黨或強盜夥，黑盜客型強盜都屬於一種比較正式、比較有野心的隊伍；對官方而言，也是一項較長期、較制度化的挑戰。至於這種爲期較久、也較制式化的強盜組織之所以會出現，是否係某些地緣或政治條件所致，因此使它先天就比較富於「政治」傾向；還是因爲某種政治情況造成(如外來侵略，或某種社會衝突)，因此促成「自覺度」異常強烈的強盜形態的產生，在組織上也具有較高的堅定性與長久性，我們就不敢隨便斷言了。也許，兩種看法都有以假定爲論據的缺點，但是問題並未因此解決，我們仍然需要一個答案。筆者不以爲，個別黑盜客能爲我們提供答案，因爲他絕少有能力踏離其本身及周遭眾人所在的社會文化架構。他到底是什麼樣的人呢，讓我們試為速寫。

首先最重要的，他視自己為一個自由人——他的人格地位，絕不比領主或國王為差。一個人必須先要有這等自強自重，才能獲得自我解放，進而取得優越意識。奧林帕斯山上的剋雷夫——曾斗膽擄掠高貴的李其特(Richter)大人——就一向以自己與君王地位同等為榮，因此不屑做出一些不夠「尊榮」因而「不合適、不體面」的行為。同理，北印度的巴德哈克人亦宣稱「我們這個行當，向來是國王的職業」，並願意接受豪俠精神的約束——至少在理論上如此——比方不侵擾女性、只在公平格鬥下殺人等等。雖然我們相信，能夠眞正在戰鬥中實踐這種高貴情操的黑盜客，恐怕絕無僅有。至於自由的身分，意味黑盜客之中人人平等，這方面很有一些令人印象深刻的實例。比方奧德(Oudh)大君，即曾試圖將巴德哈克人納入編制，組織成軍，就像俄羅斯、奧地利帝王曾分別成立黑盜客及哥薩克旅一般。但巴德哈克軍士卻發生嘩變，因為隊上軍官拒絕履行與小兵同等的任務。這種一視同仁的想法作為，本來就很稀奇，竟然還發生在一個像印度如此全然浸淫在種姓階級不平等的社會裡面，更令人不能置信。

黑盜客向來都是自由人，可是典型的巴爾幹黑盜客圈，卻不是一個自由天地。因為基於自願前來結夥的，基本上都是與親人鄰里斬斷關係的個人，由這些人組成的幫夥，自然是一個非常態性質的社會單位。因爲在它裡面，既無妻子兒女，也沒有家園田地。再加上洗手歸鄉之路，往往又有土耳其人阻隔，他們的群體，便愈發「不合自然」了。有關黑盜客的歌謠詠唱道，他們的刀劍，是他們唯一的姊妹；他們的槍枝，是他們親密的床頭妻；當弟兄們散夥之際，也只有無聲憂傷地握手一別。此去天涯，個個是孤獨的亡命人。死亡，是他們的婚姻，民謠也不時提及這一點。正常形態的社會組織，他們可望而不可及，比起戰場上的戰士，正常社會生活距離他們更爲遙遠。他們也不似十八世紀末十九世紀初的卡札利(krdžali)❺強盜大隊，後者一貫土耳其人作風，上山下海都攜家帶眷，隨時有妻妾同行。黑盜客人等在落草期間，從不做安家立室的打算，也許是因爲他們人馬太少，沒有力量保護家眷。如果他們的組織稱得上任何社會模式，應該是屬於一種純男性社會的兄弟情誼，有名的札波羅結(Zaporozhe)哥薩克人，就是最爲人知的例子。

這種異常現象，從他們對女性的關係上看得最爲清楚。黑盜客和其他所有強盜一樣，對女性並沒有特別敵意，而且還正好相反，一份有關某位馬其頓柯米塔治(komitadji)❻游擊頭目的一九〇八年祕密檔案即記道：「此人一如眾盜，極爲愛慕女性。」❼黑盜客隊中不乏女性——奇特的是，根據歌謠所示，其中甚至還有保加利亞猶太女子——有時還會出現一些名叫波雅娜(Boyana)、雅蘭卡(Yelenka)或托朵佳(Todorka)的頭目呢。江湖一場，有些女豪傑最後找到歸宿洗手做羹湯，嫁前向眾弟兄鄭重告別：

潘卡(Penka)上山訪眾黑盜客，
拜別各位好弟兄，
女大當嫁時辰到，
特來贈禮道離別。
敬兄每人一手帕，
帕內各有金一錠，
眾家弟兄切莫忘，
潘卡賢妹出嫁時。❽

雖然最後還是不免嫁人，這些江湖女俠在做土匪的時節卻與男人無異，她們做男子打扮，打起仗來也像男人一樣。有一則故事，便講到一個女孩子在母親催促之下，返家重扮女兒家的角色，可是待了一陣實在覺得難受，遂又放下紡錘，重拾起手槍做男兒、當強盜。對男人來說，自由代表著高貴的地位，對女人來說，則代表著男子的地位。反之，至少在理論上，大夥在山寨裡卻盡量避免接近女色。剋雷夫歌謠也一再強調，侵犯那些不管是爲了勒贖，還是其他目的擄來的女性，份屬罪大惡極。剋雷夫和保加利亞的不法者也都深信，攻擊女性不祥，遲早一定被捕，會被土耳其人虐待殺死。這種迷信，就算(我們相信)實際上辦不到，其中意味依然深長❾。至於在非黑盜客的強盜夥裡，也有女性，卻比較少見。巴西眾盜裡面，似乎只有藍彪讓女人隨行，跟男子一道闖蕩江湖，不過這可能也是在他跟美麗的玻妮塔(Maria Bonita)墜入愛河之後才開始的，這段羅曼史在眾多歌謠裡一再提及，同時正也指出此事是爲特例。

當然，他們與女性的接觸並未因此受到極大局限。因爲與強盜生涯一般，黑盜客出獵也有旺季淡季之別。十八世紀達爾馬提亞地方(Dalmatian)有一名日耳曼人寫道：「他們有一句諺語：『聖喬治日到，黑盜客殺到。』(Jurwew dance, aiducki sastance)」❿(因爲此時芳草鮮美，旅客眾多，搶劫特別容易。)保加利亞的黑盜客一上九月中就收起武器，到來春聖喬治節才重新開張，做那無本的營生。漫漫長冬，除了村中人等，無人可搶，說眞的，他們又能做什麼呢？最頑強的，也許囤集糧草蹲在洞裡以待來年；可是最方便者，則莫過於找一處友善村落，飲酒作歌，大夥一起過冬。遇上年頭不好——其實就算在最好的年頭，馬其頓或赫塞哥維那的鄉間小道上，又有什麼可供他們搶的？

——他們可能乾脆棲身大戶效勞，要不然，也可以回家依親。因爲在某些高地地區，有多少「人口眾多的家庭，不送幾名子弟去當黑盜客的」⑪？所以，就算綠林是純粹的男性世界、弟兄圈子，眾人不問其他，只以同志義氣相結，但這種單性生活也只限於出草季節。

於是他們馳騁在自己這一片狂放世界、自由天地之間，在山林、洞穴，在風吹草低的大草原上，身掛「一人高的長槍」，腰佩雙槍，跨著伊斯蘭彎刀（yatagan）⑫、法蘭克長劍（Frankish sword），長衣繫腰，金繡花飾，交叉斜掛著子彈盒子，滿嘴毛渣渣的鬍髭，爭的就是在敵人與朋友間的英雄名聲。英雄神話的氣氛點染，再加上歌謠傳奇的繪事成俗，使他們個個成了千篇一律典型的面譜人物。諾法軻（Novak）和他的兩個兒子葛魯喬（Grujo）、拉狄沃（Radivoj），「牧者」米哈特（Mihat the Herdsman），剌多（Rado of Sokol），卜亞丁（Bujadin），韋四倪（Ivan Visnic）和葛洛倫（Luka Golowran）等人的事蹟，我們所知甚少，只知道他們都是十九世紀波士尼亞出名的黑盜客，因爲傳歌他們大名的眾人（包括他們自己在內），都用不著多費唇舌，對大家贅述當時波士尼亞農民的生活。只有在極少的情況之下，無名的面紗才微微掀起一角，讓歷史稍窺黑盜客生涯的內容。

強盜首領柯虯（Korčo）就是這樣一個例子。其父是馬其頓斯特魯米卡（Strumica）附近的牧人，在一位土耳其大君手下服務。一場時疫，牲畜全部瘟死，大君將其父下獄。兒子遂上山爲寇，要脅土耳其人以救父親，可是一切枉然：老人家畢竟死在獄中。柯蚪做了一夥黑盜客的頭目，捉來一名年輕的土耳其「貴人」，打斷他的手腳，砍下他的腦袋，挑在長矛上遊經各個基督教村落示眾。其後，他繼續當了十年強盜，然後買了幾匹騾，換下強盜服，改穿商旅裝束，悄然遠去，不知下落——至少，從英雄事蹟的世界裡消失了——此去又是十年。十年末了，又見柯蚪，此時他手下領著三百人馬（爲什麼英雄事蹟裡的數字總是整數，此處我們就不必太深究了），在人人聞之膽寒的巴示萬（Pasvan）帳下效命（巴示萬原是波士尼亞回民，後成爲維丁〔Vidin〕的帕夏）。巴示萬反對舊土耳其政府的統治，率領野蠻的卡札利部隊，對抗忠於蘇丹朝的臣民。不過柯蚪並未久居巴示萬旗下，不久就重新出發，再度自己當家，並攻下斯特魯米卡城。攻城之舉，不單單因爲農民出身的黑盜客對城市向有猜疑恨惡，更因爲當年令其父含恨而終的大君躲在此城。他殺了大君，屠去滿城人口，回到維丁，歷史及傳奇從此失去他的蹤跡，最後不知所終。卡札利入侵的年代大約在一七九〇到一八〇〇年代之間，柯蚪的一生行止，約略可以據此參照出大概年月。他的故事，係由希拓夫所述。

這些人的存在，就是存在本身最好的理由。有他們這些人，證明壓迫無法長在，報仇之事可期。因此，黑盜客家鄉的農牧小民，往往和他們深有認同。我們用不著假定他們成天只忙著打仗，更不可能終日只想著推翻壓迫者，能夠有區區這一批自由人的存在，或在任何政府長鞭所及之外，能有著一小片頑石堅立、一小枝細葦搖曳，就足以稱做莫大成就了。那一片凜然矗立，被傲稱爲阿格拉法(Agrapha)的希臘山區，也許在法律上不曾，在實際上卻始終昂然獨立(阿格拉法，即未曾載册之意，因爲從來沒有人能夠成功地將當地人口記錄登册，以供徵稅之用)。因此，黑盜客得以進襲。這一行的本質所在，自然會與土耳其官兵(或任何代表官府的勢力)衝突，因爲政府當局負有保護行旅財物的職責。黑盜客下手殺死土耳其人之際，心裡一定也特別痛快，因爲土耳其人是一群不信神的豬狗，是欺壓善良基督徒的惡人。這份痛快感覺，也可能來自遇強則強的影響，對手越發不是等閒，自己也越勇猛善戰。不過，除了因本行所需，難免與土耳其人進行遭遇戰外，沒有任何證據顯示巴爾幹黑盜客有過任何自動起來解放家園、趕走土耳其統治的自發性動作。恐怕，他們也沒有這份能力。

當然，在時代動盪，局勢不定之際，黑盜客及黑盜客式的盜眾必然增加，他們的動作面擴大，行爲也愈發膽大。在這種關頭時刻，政府下令清匪的命令較前緊迫，地方官的藉口也較前執拗貟切，老百姓的心情氣氛，也較前緊張。我們的後見之明，常把一般普通強盜的猖獗視做革命事件的先導，事實上，他們之所以與革命發生關係，只不過剛好時間巧合，正好出現在大事發生以前而已。黑盜客則不然，他們不僅是一種反映社會不安的癥狀，更是培養潛在解放者的核心，一般人民對他們也持有這種看法。如果時機成熟，《水滸傳》梁山泊上的「解放區」，就會向外擴大，成爲一區、一省之中，那股足以推翻天子寶座的力量核心。四處流竄的亡命人、打家劫舍者、哥薩克旅，遂在廣大的天地之間，一邊是政府與農奴制度的社會，一邊是空曠的四野與自由的空氣，他們很可以結合起來，激起並領導一股巨大民潮，向窩瓦河(Volga)上游湧流而去。領銜者也許是一名出身哥薩克布衣的僭位者，也可能是一位向冒牌貨挑戰的眞命沙皇。成王敗寇，相信爪哇地方的農民，一定會很感興趣地傾聽安哥羅克(Ken Angrok)的故事，這名強盜出身的人物，最終建立了摩優沛(Modjopait)王室。如果兆頭吉祥，如果玉米成熟所需的百日已過，如果時機正對，或許，那千企萬盼，卻始終遲遲不來的千年自由，終於要眞的來臨了。於是強盜與農民的反叛或革命匯合。長衣瀟灑，武藝配備皆精良的黑盜客，也許正是這股力量的好戰士。

然而，在我們進一步考查強盜在農民革命中扮演的角色之前，必須先觀察一下致使他寄存於現有社會體制之內的經濟與政治因素。

❶From A. Dozon, *Chansons populaires bulgares inédites*, Paris, 1875, p.208.

❷A. Strausz, *Bulgarische Volksdichtungen*, Vienna and Leipzig, 1895, pp.295-7.

❸不過，筆者倒不曾聽說過黑盜客吃人肉，最常見的說法，是指他們殺了客旅之後，把肉賣給屠户。但是這種恐怖罪行，一般大眾只保留給那些眞正離經叛道、乖離正常社會的罪犯。

❹印度「達寇」，通常被英國人列爲「罪犯種姓」(criminal castes)，或「罪犯部落」(criminal tribes)。這種分門別類，把每一個不同的社會、職業群體都安上個別社會標籤以資辨別的做法——像這個惡劣的「罪犯種姓」名稱即是——固然充滿了習見的印度特有風味，在這個與眾不同的標籤後面，我們卻可以看出幾分端倪，亦即達寇與其他黑盜客類的強盜並無不同之處。如北印度最有名的強盜「部落」巴德哈克，原出於回教及印度教的畸零人口，「有點像是阿都蘭洞穴(Cave of Adullam)，專門收容各族各部落的無賴和壞胚子。」而山奚涯一族，雖然可能是世襲遊唱人與職司記載宗譜者一脈相傳下來的部落(一直到十九世紀末期，某些拉治普特人〔Rajputs〕依然保持著這項任務)，同時卻也門户開放，接納四方外人投效。中印度地區驍勇難惹的米那人，應該是一些失去了田地的小農，以及村子裡的看守，家鄉既沒有了立足之地，遂上山當起職業強盜。

❺解甲的戰士，加上各種亡命之徒，組成了卡札利隊伍，爲患於十八世紀末期的保加利亞。

❻馬其頓最高革命委員會(Supreme Committee for Macedonia and Adrianople of the Macedonian Revolutionaries)設立的游擊隊伍。

❼*Le brigandage en Macédoine*, loc cit., p.37. 有關巴西盜匪中不見同性戀的情形，參見E. de Lima, op. cit., p.45。

❽A. Dozon, op. cit., p.184.

❾J. Baggalay, *Klephtic ballads*, Blackwell, 1936, pp.18-9; C. J. Jireček, *Geschichte der Bulgaren*, Prague, 1876, p.474.

❿J. C. V. Engel, *Staatskunde und Geschichte von Dalmatien, Croatien und Slavonien*, Halle, 1789, p.232.

⓫Marko Fedorowitsch, *Die Slawen der Türkei*, Dresden and Leipzig, 1844, II, p.206.

⓬伊斯蘭式無護手、通常刀身雙彎的大刀。

第六章　強盜事業的經濟與政治

說也奇怪，各種長期觀察與調查的結論均頗一致：那就是所有做強盜的，都身無恆產，沒有職業。他們所有的，只是一些私人物件，而且都是亡命生涯的冒險所得。

——〈以經濟觀點釋中國盜匪猖獗現象〉❶

強盜一族，不屬於那個禁錮束縛窮人的社會秩序。他們的世界，是由一群自由人搭成的兄弟夥，而非順民組成的生活體。但是儘管如此，他們卻無法完全脫離社會。它的需要，它的活動，它的生存本身，都與普通社會的經濟、社會、政治系統息息相關。強盜文化的這一面，往往爲外人忽略，事實它的重要性甚高，值得我們專闢一章討論。

首先，讓我們考查強盜生活的經濟面。他們要吃飯，要有武器、軍火的供應，搶來的錢財得花掉，搶來的物件得賣現。在最簡單的狀況下，他們的消費所需，與當地一般農牧民眾無異——也就是本地所產的酒食、衣物——而且，如果能夠不花力氣就取得大量供應，可以酒足飯飽，恐怕已心滿意足。「他們要東西，沒人敢說不。」一位巴西地主表示：「沒有人會笨到不聽他們的需索。我們給他們食物、衣服、菸酒。他們要錢有什麼用？錢拿了去能做什麼？最多用來賄賂警察，如此而已。」❷話雖如此，我們所知道的強盜，就算他們周遭的小農百姓不是，他們自己卻多半生活在一個貨幣制度的經濟裡。否則，他們上哪裡去找來「身上那件亮閃閃五排金包扣的大衣？」還有那些長短火槍、子彈盒，以及塞爾維亞黑盜客、希臘剋雷夫口中誇耀的「金鑲銀雕刻滿花紋的金把傳奇寶劍」（這些形容裡面，其實誇張成分並不太大❸）。

他們偷來的牛群如何脫手？他們搶來的客商貨旅如何處置？簡單一句話，他們做買賣。事實上，他們手頭擁有的現金，通常顯然比當地一般農戶多得太多，他們的開支，自然便形成地方經濟中現代產業部門的重要一環，經由當地貨鋪、酒館、客棧等商業管道，再分配再流通，進入農業社會的中層商業活動。他們用錢產生的再分配效果宏大，更因爲強盜(不像士紳階級)的消費行爲多發生在本地本鄉，而且一方面自命豪邁，一方面手頭寬鬆，自然扯不下臉皮討價還價。聽說一九三〇年代，「生意人賣東西給藍彪，都是一般價錢的三倍」。

以上一切活動，都表示強盜們需要一個中間人，幫他們穿針引線，不但與當地經濟，甚至和外面更大的商業網建立通路。正如大盜維亞一般，他們至少得在山的那一邊找到一家牧場，願意收下他們送去的牲畜，幫他們安排買主，卻不問那些多餘的尷尬問題。一如突尼西亞的半遊牧民族，他們可能還得建立一些制度化的做法，透過「賞金」方式，將偷來的牛群還給失主。出面經手者可能是在地的中間人、村子裡的客棧老板，或各種經紀人。他們的任務是上門向受害人解釋交易——說的話，用的詞，交易雙方都心裡有數，充分了解箇中的眞正涵義——中間人表示，他們知道走失的牲畜已經被人「尋獲」，對方一心只想物歸原主。又如印度達寇，遇有較大規模的攻擊行動，事先也得籌措行動資金，借錢的對象，通常是大本營所在的放帳人或商戶。有的時候，甚至等於是以佣金方式，替某些放消息的「冒險企業家」搶劫富有的過往商隊。因爲凡是專門以行商路客爲搶劫對象的強盜——如果他們有幸，活動居住的範圍離貿易交通幹線不遠，不搶這種人，豈不太沒腦子——都需要有人通風報信，通知他們商隊貨物來往的情報；得手之後，一定要有打點銷贓的管道；搶來的東西裡面，一定也有地方上不需要、在本地賣不出去的內容。遇上綁架勒贖，顯然更需要中間人在中奔走。

因此，如果把強盜們想成一群大自然的赤子，成天只是在綠林中烤野味大塊吃肉，那就大錯特錯。強盜頭子要做得成功，做得像樣，至少得具有一名小地主或發達農場主人的手段，好與當地市場及更廣大的經濟體系保持聯繫。事實上，在某些經濟落後的地區，強盜這一行業，非得和行旅過客及買賣人密切往來才行。巴爾幹地方經銷牛豬的生意人，極可能一人分飾兩角，根本就是強盜頭子。正如工業時代以前，商船船長有時候也不煩政府註册相助，便自行兼差，幹一點海盜行當（私掠船〔privateer〕：舊時經官方正式認可登記在案的武裝民用船隻，可以逕行擄獲敵船的人員財物，亦即合法的海盜）——或是反其道而行，由職業海盜偶爾做點正當生意。巴爾幹一頁滄桑的解放史中，便不乏英武的畜牧商人兼任強盜首領，如塞爾維亞的黑喬治（Black George），希臘的科洛科特羅尼斯（Kolokotrones）都是。我們在前面也已看見，巴爾幹地方的眾家強盜史中，不時亦有黑盜客「穿上商人裝束」，改行從商一段時間的例子。又如科西嘉或西西里內地的粗鄙農民，竟然搖身一變，成爲黑

強盜頭目印象。十九世紀初期英國強盜形象的塑造，恐怕來自舞台或羅賓漢歌謠者多，眞實經驗者少。

手黨的大實業家、大企業家，眼光又狠又準，馬上看出國際毒品走私的豐厚經濟利潤，投資蓋起豪華大飯店來，也毫不遲疑，生意眼光之精明獨到，不輸給任何人。看見這種轉換自如的身段，我們往往驚訝不置。殊不知他們早就訓練有素，因爲許多強盜賴以爲生的偷牛行當，已經爲他們打開普通小農所沒有的經濟視野。至少，經此他們可以接觸到其他比自己經濟視野廣闊的人。

雖然如此，就經濟面而言，強盜並不是一個很有趣的角色。也許在討論經濟發展的教科書裡，可以勉強佔上一兩個註腳地位，除此就乏善可陳了。他的功勞，在於幫助地方上資本的累積——不過這些資本，百分之百是握在他的寄生蟲手上，而不是在他自己花錢如流水的指縫之間。當他搶劫過往行商的時候，可能會產生一點類似旅遊事業的經濟效益：兩者都是從外人手中挖錢以爲收入。因此就這一層意義而言，薩丁尼亞山區的強盜夥，和回教大汗阿迦汗（Aga Khan）治下的史麥拉達（Costa Smeralda）開發商，在經濟現象上可能具有異曲同工之妙❹；不過其中的雷同之處，以及他的經濟貢獻，也就僅止於此了。強盜們擁有的經濟關係，其中眞正的重大意義實在並不在此。其意義在於：我們可透過這些關係，來凸顯他身處農業社會的情境與地位。

因爲最難堪最模糊的一點，就是強盜也者，在社會上所處的身分很曖昧，他是外人、是叛逆，明明是窮家小子，卻拒絕接受一般窮人該有的角色地位。他沒有任何奧援，之所以能夠伸張建立自己的自由，所賴者只有窮人唯一擁有與可及的資源：也就是自己的骨氣、驍勇、狡智、決心。這項特色，拉近了他與窮苦民眾的距離：他是他們其中一員；也因此使得他與權勢及財富階級對立：他絕不是他們其中一員。農民出身的強盜，再怎樣也不會轉變成一名「紳士」，因為在強盜出沒的社會時代裡，貴族、士紳者絕不可能來自低層。然而在此同時，強盜卻身不由己，無法避免被捲入財富與權勢的網羅，因為他不似其小農，他的行當使他獲得錢財，享有勢力。他明明是「我們中間的一個」，卻不斷地跟「他們」發生關係。他強盜當得越有辦法，越會同時身兼**二職**：一方面是窮人的代表及鬥士，一方面卻**也**是富人體系中的一部分。

一個務農的社會，向來與外界相當隔絕。它與外界的關係間歇而稀薄，與外界的距離也山高路遠，再加上農村生活的原始質樸，遂使強盜身兼二職可以做得頗為成功，不致發生角色衝突。反之，在城市那擁擠的貧民窟裡，他的對等人物則比較不同。通常這號人物是土地蛇或大哥大類的角色（就某種意義而言，也稱得上領導窮人對抗富人的領袖，這些人有時候也會把從富人搶來的財物贈與窮人），因此他們做為叛逆及亡命之徒的色彩比較淡，發號施令做頭頭的味道比較強，與官方財富權勢中心（如官廳）之間的關係也比較明顯——事實上這層聯繫，可能正是他們最顯著的特色。反之，農村裡的強盜在表面上看起來，可能完全身在「體制」之外，他們與「非強盜世界」的村落之間的個人聯繫，可能只是單純的血源與出生地這層關係。也就是說，他顯然百分之百屬於一個獨立的「次世界」，這是一個只有小農生活居住的封閉天地，士紳階級、官府、警察、稅吏、外來佔據者，只會偶爾侵入。換另一個角度來看，做爲一批自由、機動的武裝隊伍首腦，既然不需要仰賴任何人，他與外界財富權力中心的關係看起來也很簡單：亦即一個主權實體與另一個實體之間的關係，後者對他的影響，最多也就像古巴與英國之間的貿易協商，對卡斯楚古巴革命的進展所能產生的影響一般。但在事實上，強盜所處的社會，是一個統治剝削猖狂的社會，他無法如此輕易便脫離它的生存法則的掌握。

因爲做爲一個強盜夥的基本事實是，就算它多麼需要生意上的接觸聯絡，它的核心，畢竟是一個武裝組織，因此是一股政治力量。首先，強盜夥常常是當地體制必須與之妥協正視的存在，尤其在地方上沒有常備設置，不能有效維持公眾秩序時更是如此——事實上但凡盜匪猖獗之處，幾乎都屬於這種情況——身處這種情況，向城內官府求援清鄉便毫無意義。更有甚者，這類求告的後果更令人不堪設想，遠來的官兵下鄉，比當地的土匪蹂躪更甚，地方上肯定會遭到更大破壞。

「我情願跟土匪打交道，也不敢碰警察。」一九三〇年代某位有地的巴西農人抱怨道：「警察，根本就是一群不講理的傢伙。他們從省城跑下來，滿腦子以爲我們邊疆人處處護著強盜，他們老以爲，強盜逃跑的路線我們都很清楚。所以他們一來，主要就是用盡手段要我們大家招供……如果我們說我們不知道，他們就毒打我們，要是我們說了，他們還是打，因爲證明我們眞的跟強盜有勾搭……反正說來說去，都是我們鄉下人倒楣——至於強盜嘛？——哦！起碼強盜就像強盜。你可要知道，跟強盜打交道，得清楚怎樣不犯他們的忌諱，他們才不會找你的麻煩。說實在，他們當中除了有幾個小子眞的很狠之外，一般都跟你相安無事，除非警察咬上他們的尾巴。」❺

長久以來，座落在這些荒郊野地的大戶人家，早就學會如何跟強盜建立圓滑的關係以自保。大家閨秀的仕女日後回憶，常想起小時候夜闌人靜，忽然大隊土匪人馬開到，小孩子們如何悄悄送開以免礙事，莊上主人又是如何客氣殷勤地禮待土匪，接待完畢，又如何以同樣有禮並相互敬重的態度，送神祕客出門上路等等。但是，可憐的莊主，若不這樣做，他又該怎麼做？

地方上大大小小，每一個人都得跟勢力坐大的強盜夥妥協，這表示後者多少有融入當地社會之勢。最理想的狀況，當然是把偷馬賊正式收編，放下屠刀變成正式的獵場守衛。事實上這種改變也不少見，哥薩克人，就是被領主和沙皇用土地及特權招安，將打家劫舍的勾當改爲保護領主的領地和利益。一八三〇年代的巴德哈克達寇有一名土匪頭子賈拉吉(Gajraj)，「原本是耍猴出身，最後發展成瓜廖爾(Gwalior)地區的羅賓好漢。勇猛之名如此顯赫，當地王侯也任命他看守欽巴河(Chambal)渡口，他因此大發利市。」中印度另一個有名的「強盜部落」米那人，是阿爾威(Alwar)地方大害，可是在捷浦(Jaipur)地方，卻提供保鏢服務，換取免租田地，對土王也是出了名地忠心耿耿。在印度、西西里，農牧場的守衛，常常與強盜是可以互換通用的名稱。舊孟買省(Bombay Presidency)有一個達寇團體刺莫西(Ramosi)，就專門爲各村莊提供警衛服務，報酬是免費獲得土地及各式津貼，並可向外來旅人索取過路費的權利。對付難以安撫的強盜，還有比這種保安手段更好的安排嗎❻？

如此這般的舉措，不論是正式或非正式的安排，對於盜匪出沒的地方百姓來說，事實上毫無其他選擇餘地。那些只希望風平浪靜，大事化小，小事化無的地方官——其實他們哪一個不做此想？——自然會跟強盜保持聯繫，建立條件合理的關係。否則，就只有甘冒地方不安靖，禍事層出不窮，鬧得外人皆知的痛苦，搞不好，惹得上級對他們的表現感到不滿。這種背景，也說明爲什麼在那些眞正盜賊橫行爲害的地區，清鄉剿匪的行動往往是由外地派來的特遣部隊擔任。在平常，地方上生意人都有自己的安排，免得兵燹時起，生意也做不成了。甚至連駐在當地的官軍警力，也希望把犯罪率壓到一定的門限以下——或心照不宣，或挑明了辦，反正跟強盜夥講好條件——以免壞事傳千里，驚動省城或首都的注意就不妙了。這種安排之下，足供強盜施展的空間自然不小，因爲在工業時代以前的年月裡，除非它本身利益攸關，中央政府的眼光是無法深入透視到小農社會的下層生態的。

其實，地方官府與有錢人家之所以會與強盜打交道，除了不得已外，事實上在許多農業社會裡面，此舉對他們也有顯著的好處。資本主義來臨以前的地主社會裡，地方上的政治生態及勢力消長，全以大戶田莊之間的競爭、關係爲轉移。誰支持誰，誰受誰的保護，自然舉足輕重。根據研究顯示，像這樣一種大戶人家的一家之主，他的權勢與影響力全視他名下有多少莊客、子民而定。莊主的責任是提供保護，被保護者則還之以效忠及服務；效忠倚賴的程度，不論是文盟（投票）、武鬥，或任何用以決定地方勢力誰屬的方式，正是衡量其名望、因此也是測度其結盟能耐的標準。地方越落後、越邊遠，上層官府越遲鈍、越不關心，地方要人或士紳動員「其」子民的能耐，在地方政治上就越形重要。如果他能夠在地方政治數學裡招攬到足夠的刀槍或票數，他本人並不需要非常富有，不像在經濟進步的繁榮地區，必須有錢才打得通關節。當然，有錢更好辦事，可以建立更大的客戶基礎，但是錢要用得大方，用得氣派（其實還得誇張才行），顯得出大人物的地位和庇護力的強大才有用。

但是在另一方面，從者眾多，從者強悍，更能幫一個人打出天下，獲得更多的田產錢財，比光有經濟頭腦更有效。當然，以上這種政治文化的目的，不在累積資本，卻在建立一家一族的影響力。事實上，一旦財富的追求與家族利益的追求分家，而且前者的重要性更甚於後者之際，這種政治生態就不復存了。

這種政治情況，最適合強盜生存，不但需要他們存在，更爲他們提供某種政治角色。因爲這一群武裝分子，是地方上尚不知「花落誰家」的武力來源，如果可以將這一汪大水誘導入渠，納入某些鄉紳或大人物的庇護傘下，後者的聲勢必然大振，必要時也能加強其攻擊力量或票源。(此外，貴人家裡設有的巡莊、護院、侍衛等職位，更爲個別強盜提供了潛在或眞正的就業機會。) 一個聰敏的強盜頭子，會審度情況，只向地方最優勢的黨派靠攏，如此才能得到貨眞價實的蔭庇保障。就算他不打算投靠任何一方，也可以放心大膽，因爲各處山頭都會拉攏他，把他看做有可能結盟、保持良好關係的對象。這也就是爲什麼在離中央官府甚遠的地方，如一九四〇年以前巴西東北部的內陸鄉間，一些有名的強盜團體盛時之久，可以長到令人吃驚的地步：藍彪一夥就足足延續了二十年的時光。可是藍彪也不含糊，充分利用當時特有的政治氣候，逐漸建立起一支強大的軍事力量，不但可以替內陸邊地裡任何一員「上校」充當潛在的增援部隊，事實上他本身就是一股重大勢力。

一九二六年間，普雷斯特士(Prestes)縱隊在一名叛軍軍官率領之下，在內陸其他地區打了兩年游擊之後，抵達巴西東北邊區。這是一支專擅快速機動游擊戰的隊伍，而這名軍官，則正日漸攀升成爲巴西共產黨的領袖。巴西聯邦政府急忙向茹阿澤魯的彌賽亞西賽羅求援，後者感召力量強大，已經是西阿拉省(Ceará)一名有力的黨政頭目。巴西政府會找上他，一半也是因爲有彌賽亞做後盾，可以保持信眾不變，對普雷斯特士徒眾宣揚的社會革命訴求產生免疫作用。西賽羅看見聯邦部隊竟然出現在他的勢力範圍，心裡雖然老大不高興(他指出，政府隨便就給人安上「強盜」的高帽子，他的教眾可不理這一套，不會跟著去對付他們。而且，普雷斯特士縱隊在虔誠的老百姓眼裡，根本不像反社會分子)，但是畢竟接受政府提出的解決辦法。於是藍彪受邀來到神父他老人家的「耶路撒冷」——茹阿澤魯鎮，受到一切該有的禮遇和榮譽，並由當地最高階的聯邦官員(一名農業部的督察／稽查員)頒授他指揮官的身分，授給他一把槍，手下每人三百發子彈，就叫他出動剿匪❼。大盜這下子可興奮極了，忽然一下子有了合法地位。幸好有一位好心「上校」勸阻他，指出此去只是被政府利用爲爪牙而已，一旦把普雷斯特士除掉以後，政府根本就不會認帳，一定會宣布他的特派任務無效，原先承諾他過往不究的特赦，也必定拒絕履行。看來這番道理說服了藍彪，因爲他馬上停止了追索普雷斯特士的行動。顯然，他也有著內陸一般人普遍的想法，那就是武裝的強盜分子好對付，官府中人卻令人莫測高深，而且還更危險。

唯一不能在這種有利政治條件下佔便宜的強盜，是那些社會叛逆性極端強烈的一群，因爲地主和貴人都恨不得立刻置他們於死地。不過這一類強盜向來屈指可數，加以農民強盜可以輕易便和有地位有權勢的階級搭上橋梁，這類反社會分子因此始終爲數不多。

除了以上所述的天時地利人和，小農社會裡的政治結構，還提供了另外一項可能是最有力的條件，幫助強盜團體的生存。因爲如果強盜有大戶或大勢力爲其撐腰，失敗者或反對者就只有訴諸武力一途，通常在極端情況之下，意味著自己也拉起隊伍變成武裝頭子。這一類的例子，可謂不勝枚舉。斯利曼(Sleeman)在《奧德王國漫遊記》(*Journey through the Kingdom of Oude in 1849–50*)書中，就曾列出一些雖已「回返田園」，卻依然帶領人馬打家劫舍的人士，如布克什(Iman Buksh)即是一例。這種做法，在爪哇雖非必然，卻也並不稀奇。二十世紀初期祕魯的卡哈馬卡(Cajamarca)縣份，也有過一個好例子，最可以顯示箇中奧妙。當地出過好幾名反擊式的「強盜」，貝祖塔(Eleodora Benel Zuloeta)是其中有名的一位，一九二〇年代中期，軍方曾經派出過好幾次大規模的軍事行動捉拿他❽。回到一九一四年間，貝祖塔仍是一名地主，租來勞康(Llaucán)大牧場(hacienda)經營，可是作風不佳，令當地印第安族農民極爲不滿，當地農民遂在手上早已持有分租的拉摩士(Ramos)家兄弟慫恿之下，起來對抗貝祖塔。貝祖塔向官府求援，官軍一本當時作風，對印第安人來了一場大屠殺，餘生者自然恨意更堅。其後，拉摩士兄弟覺得有辦法可以把貝祖塔解決掉，結果只勉強殺到他的兒子。「不幸公義未果，冤酬未報。」作書的歷史家含蓄寫道，並指出暗殺背後，有貝祖塔其他仇家相助，也就是聖塔克魯茲(Santa Cruz)的阿巴勦多(Alvarado)。於是貝祖塔變賣家產，「斥資將他門下的莊客(trabajadores)組成一支勁旅，後者個個決心效死，以爲其主子服務。」並採取行動，對付阿巴勦多和拉摩士兄弟。這一回，公理正義的確發動，不過貝祖塔早已在牧場上加強戒備，與公義決一死戰。這一來，「投效者自然更眾，他也一一提供他們生活所需。」

政府威信破產，恩怨情仇複雜，混雜著各種報復、對立、政治與經濟的野心，加上社會的反叛不安，當時崛起了不少像貝祖塔一類的人物，只是他最爲慓悍強大。正如該役的軍史記道：

> 墾殖區的小農階級，既卑微又被動，沒有能耐起來對抗當地的土霸王。但是，對不公不義感到憤怒，人才有活著的感覺。於是，一些智力不足的地方土霸，根本不知道如何處理這些棘手的難題，最後搞得天怒人怨，激出一批勇氣倍增、意志堅定的人聯合在一起反對他們……人類的歷史顯示，在這種關頭之下，武裝團體往往應時興起。在喬達(Chota)，他們投效貝祖塔，在

庫特窩(Cutervo)，他們追隨巴斯克茲(Vasquez)[9]等人。這些人執行他們所以爲的公義，嚴懲那些強奪他人田產的壞蛋，他們建立婚姻，追索罪犯，在當地主子頭上建立新秩序。

選舉之際，議員們也大大利用這些戰士，供給他們武器，叫他們對付自己的政敵。於是槍桿子愈發強大，強盜勢力終於暴漲到令平民感到恐懼不安的程度。[10]

貝祖塔的勢力，一直到一九二三年才開始消退。那一年，他犯下一個錯誤，竟然和當地一些土霸密盟，意圖推翻權勢龐大的萊古亞(Leguía)總統。其後便有強大的政府軍源源開到，卡哈馬卡匪焰大靖，政府卻也付出了極大代價。貝祖塔終於在一九二七年被殺，拉摩士兄弟與阿巴鬍多也銷聲匿跡，連同其他許多武裝首領一起從舞台上消失不見。

這一類對立抗爭，與強盜現象是分不開的。十六至十八世紀之間有名的麥格里各(Macgregor)宗族，尤其其中最頂頂大名的成員大盜羅伊(Rob Roy)，就是一個最現成的例子。麥格里各這一家始終脫離不了綠林，原因無他，他們的仇敵趕盡殺絕，不給他們任何路走。(不過他們最後終遭正式解散，他們的名號也被禁止提起。)羅伊本人有蘇格蘭羅賓漢的美稱，因爲他曾攻打有錢有勢的蒙特羅斯(Montrose)公爵，以爲對方加諸自己的不公平待遇出氣。於是「體制外」的小民，起來以武力對抗「體

分贓圖。注意圖中服飾，以及背景中羅馬平原上的廢墟，這是浪漫派義大利強盜圖像裡最熟悉的背景。

制內」的豪族政治，至少能發揮一時一地的作用，為窮人出口怨氣，給一向騎在他們頭上、欺負他們的惡勢力一點顏色瞧瞧。這種情況，其實在其他政治場上也非少見。總而言之，地方上大戶人家勾心鬥角，左交右攻，彼此爭產爭到斧鉞相見，最後總有一方勝利，踩著敗方的骨頭渣子接收財富勢力。失敗者心有不甘，號召一批打手伺機報復，這種空間其實是很大的。

在強盜文化因子眾多的環境下，農村政治結構既可能對強盜具有孕育、助長、保護的作用，同時又可能將之納入政治體系之中。尤其在中央政府機制缺席或不足，以及區域性勢力均衡或不穩時，更會造成這種結果。如在「地方割據林立」之處、邊疆地帶、小王國林立起落之邦和荒山野地等，都是最容易出現這種局面的地方。換做強大的國君、帝王，甚至公侯，王土內法令森嚴，不管是破壞社會秩序，還是只干擾百業、搶人財物，凡是武裝搶匪一律格殺勿論，根本不會對之假以辭色。英國在印度的統治，就很少像捷浦的印度王公一般，需要借調達寇保鏢護運。至於那些以錢滾錢取得權力之人，那些不需要(或不再需要)耍刀弄槍積攢財富的傢伙，要找保護直接雇用警察就可以了，犯不著再求黑道。美國資本主義拓荒時代的黑心企業冒險家，靠得就是平克頓(Pinkerton)式的偵探，而非自由業的職業槍手。因此，只有小生意、小地方、小人物的政治，才不得不與強盜周旋，大事業、大人物是不理這一套的。再加上隨著經濟的繁榮成長，有錢有勢的階級自然愈發視強盜爲身家財產的威脅，必欲去之而後快，再也不把他們當做權力遊戲中的一步棋了。

情勢一旦轉變成這種局面，強盜就永遠沒有回頭路可走了，他們下手也開始不分對象，好人壞人一視同仁。也正是發展到這個階段，反面的強盜神話出現了，他們不再是英雄，卻變成完全反其道而行的「人面獸心」的禽獸(借用十八世紀末俄國貴族的用語)，「隨時會做出傷天害理、違法亂紀、不敬天、不畏神，殺人放火的勾當。」⓫(這一類沒有人性的強盜形象，相關傳說之起，似乎遠在英雄式民謠、傳奇之後，起碼在俄羅斯係如此。)強盜族登堂入室，與正常政治生活合流的機制不復存在，如今強盜也者，只屬於社會的下層階級，與窮苦受壓的百姓同爲一國。擺在他們眼前的只有幾項選擇，一是加入農民對抗領主，以傳統反抗現代，以邊緣或弱勢之身，抗拒被迫吸入大政治體的渦流；一是永遠投身「曲道」，亦即下層社會⓬，成爲「正直」世界(亦即可敬社會)的永遠附屬物。可是即使他選擇繼續棲身江湖，如今的江湖，山沒有那麼高了，林沒有那麼深了，路沒有那麼廣了。傑西小子的精神傳人，鴛鴦大盜邦妮與克萊(Bonnie and Clyde)，雖活躍於一九三〇年代的美國，卻並不是那個時代典型的犯罪分子。他們的出現是一種時序錯亂，古今混淆的返祖現象。對眞正的現代暴力人物來說，最接近所謂田園生涯的時刻，恐怕只有當他在那棟藉著自己在城裡犯罪得來的鄉間別墅裡面，大啖烤肉的那一刻罷。

---

❶J. Usang Ly, in *Journal of Race Development* 8, 1917–18, p.370.

❷Leonardo Mota, *No tempo de Lampião*, Rio de Janeiro, 1968 edn., pp.55–6.

❸藍彪的家當，從以下警方清單(巴西，一九三八)可見一斑：

帽：邊疆式皮帽一頂，嵌有驅魔避邪的六角星符(兩個三角對疊)，皮製下巴帶子，四十六公分長，鑲有五十枚花樣來路混雜的金質小裝飾，如領章，袖釦，寫著回憶、友誼、思鄉等字樣的小徽章，各種寶石戒指，內側刻著桑蒂娜(Santinha)名字字樣的結婚戒指等等。前方帽緣附有四公分寬、二十二公分長的皮質長條，上墜飾件繁多：兩枚刻有「主是我嚮導」的金章、兩枚金幣、一枚鑄有皇帝皮德羅二世(Pedro II)肖像的巴西舊金幣、另兩枚年代更古，分別為一七七六及一八〇二年。帽後亦有同長同寬的皮條一，上墜飾件如下：兩枚金幣、五顆小鑽，除一顆係正統古典切法，餘四顆均為新式切割。

槍：巴西陸軍毛瑟槍一把，一九〇八年，三一四號B系列。子彈帶上嵌有七枚巴西帝國時所鑄銀幣，並五枚白色金屬小圓片。槍上保險已壞，以鋁片一段扣緊。

刀：帶鞘鐵刀一把，長六十七公分。把手飾有三枚金戒。刃有彈痕。包鎳皮鞘，上亦有子彈孔。

彈匣：一，皮製雕花。可納一百二十一發毛瑟槍子彈。墜有銀鍊一條，末端繫有口哨。左側有彈痕。

背袋：二，繡飾繁複，花色鮮豔雅致。一袋有釦三只，二金一銀。另一袋僅銀釦一只。背帶上則有大型銀釦九只。

領巾：一，紅絲繡花。

手槍：帶套手槍一把，帕拉貝倫(Parabellum)，一九一八年，九十七號，黑色漆，甚舊。

帶式涼鞋：一雙，巴西內陸一般習用款式，但質地及鞋面極佳。

罩衫：藍色，兩袖各有三道軍官臂章。

毯子：兩條，印花布，棉質襯裡。M. I. P. de Queiroz, op. cit., pp.9–10.

❹二者對周圍經濟帶來的效益，也具有類似的邊際性質。在本土生活水準與觀光圈之間經濟落差甚巨的地方，遊客帶來的收入，大部分很快就會外流，用來購買遊客消費所需的各種設施，如豪華汽艇、香檳、滑水工具等等，而且這些物件只能以外幣購買。同樣地，強盜頭子搶了過境行商之後，劫來的錢都用來買珠寶、彈藥、豪華佩劍，要不然就是進城揮金享受一番。他對本地本鄉的經濟貢獻，也只是皮毛邊際而已。

❺Leonardo Mota, op. cit., p.54.

❻R. V. Russell, op. cit., I, pp. 52–3; III, pp. 237–9, 474.

❼這段插曲，是前述有關藍彪傳奇小說所本的基礎。See O. Anselmo, op. cit., pp.528–36.

❽See Teniente Coronel (R) Genaro Matos, *Operaciones irregulares al norte de Cajamarca 1924–5 a 1927*, Lima, 1968.

❾巴斯克茲三兄弟：阿貝里諾(Avelino)，羅山度(Rosendo)，包里諾(Paulino)，似乎原是小佃農出身，但是如此這般地經營成巴亞克(Pallac)和卡姆薩(Camsa)兩地多處大牧場的老闆。他們最後上當，被騙簽下了「停戰和約」，並在副警察局長以慶祝講和為名舉辦的酒宴上被殺。Romulo Merino Arana, *Historia policial del Peru*, Lima n.d., pp. 177–8; G. Matos, op. cit., pp.390–8.

❿G. Matos, op. cit., p.75; cited from Salamón Vilchez Murga, *Fusiles y Machetes*, a local source.

⓫D. Eeckhaute, loc. cit., pp.201-2.

⓬在極少見的例子裡，如西西里及美國的移民聚居區，強盜也可能廁身新起的布爾喬亞小資產階級。

第七章　強盜與革命

是天譴，也是天遣，特來懲罰那些高利放貸以及那些不勞而獲的惡人。

——那不勒斯強盜頭子西亞拉(Marco Sciarra)的「夫子」自道❶

到了這個關頭，做強盜只有兩條路可走，一是轉入黑道成為眞正的罪犯，一是革命。如果他決定選擇後者，又如何？我們已經看見，社會型盜匪和革命相去不遠，就算夠不上革命的先導或搖籃，起碼同屬一種社會抗爭現象，因此與一般黑社會的犯罪行為大相逕庭。地下社會，顧名思義就是一種「反」社會的客體，它的存在，靠扭曲一切「正直」社會的價值觀點——套用它自己的行話，它是「彎曲」的——不然，也係寄生於正常世界。革命天地則屬「正」道，是「正直」人的活動，除了遇到非常時期、存亡之際，反社會的罪犯才可能分享愛國心熱，革命高蹈的門路。因此，對眞正的地下社會來說，革命，只能算做便於犯罪的大好時機。十八、九世紀巴黎大革命之時，就沒有任何證據顯示，當時正熱鬧的黑社會出過任何革命分子或支持者（不過一八七一年際，娼家多強烈支持巴黎公社——但是就階級而言，妓女是受害者，而非犯罪者）。因此一七九〇年為患法國與萊茵河岸的犯罪型匪黨，並非革命屬性的現象，而是社會紊亂的病徵。地下世界之所以能擠入革命歷史，只有在「危險階級」分子（classes dangereuses）與「勞工階級」（classes laborieuses）分子混合時才會發生（主要出現在都市某些特定角落），同時也是因為官方把叛民都看成犯法之徒之故。但是兩者之間，其實有著根本上的不同。

強盜也者，與農村世界有同樣的價值觀與人生期望，身為反叛之人，對農村湧現的革命大浪便特別敏感。自己既已擁有自由自在的生活，自然特別瞧不起麻木不仁、被動順從的群眾。可是一旦革命大時代來臨，這種被動順從全部消失了。大批大批的農民，**一轉身都變成強盜**。十六、七世紀出現於烏克蘭的暴動農民，稱自己爲哥薩克。一八六〇至六一年的農民游擊隊伍，即是以強盜爲主力組成，而且其組織更是以強盜團體爲師法：地方上的首領發現大量人物來歸，盡是解甲的波旁兵士、逃兵、逃避兵役者、監獄逃犯、因加里波底解放期間起來抗爭如今爲避追索不得不亡命天涯之徒、小農，以及尋求或自由、或報復、或不花本錢勾當，或以上全部種種的山區男子。他們正如一般亡命徒結成的隊伍，一開始，只是在成員所自的邊區開墾地附近聚合，巢穴則在附近山頭或林間，然後便開始他們打家劫舍，與一般盜匪無異的綠林生涯。唯一的不同，在於他們所處的社會背景。原本只居少數的叛逆分子，如今與大量動員的多數力量匯合。簡單地說，借用某位研究印尼的荷蘭學者所說：在這種節骨眼上，眞正的「強盜夥與其他群體合流，在後者的保護色下行動，而前者原有的誠實理想，卻逐漸染上強盜的色彩」❷。

一位曾在土耳其部隊服務的奧國軍官，即曾就波士尼亞一場屬於此類的農民暴動，做過一番極爲精闢的形容。一開始，只是因爲對什一稅（tithes）特別地想不開，於是盧柯瓦奇（Lukovac）的基督徒農民和其他村落糾集，一股人馬捨了房舍田園，拉到特魯西納普拉尼那（Trusina Planina）山上。剩下加貝拉(Gabela)和拉夫諾(Ravno)地方的農民，田裡的活也不做了，大開其會。談判還在進行，一群武裝基督徒在內韋西涅(Nevsinye)附近動手攻擊由莫斯塔爾(Mostar)來的商隊，殺了七名回教車夫。土耳其方面立刻停止談判，此時內韋西涅的農民全部拿起武器上山，點起示警的烽火，拉夫諾與加貝拉的農民也同時抄起傢伙。顯然一場大亂一觸即發——事實上這場變亂，正是掀起一八七〇年代巴爾幹戰爭的導火線，不但使波士尼亞及赫塞哥維那從鄂圖曼帝國分家，並在國際間造成各種嚴重後果，此處因與主題無關茲不贅述❸。本文關心的重點，乃是在這種農民革命之下，「群眾動員」與「強盜活動」相結合的典型現象。

凡在黑盜客傳統極盛，或武裝不法之徒、武裝自由農民活躍的地方，這一類革命的性格便可能因此受到較鮮明的強盜影響。因爲強盜之存在，可能早已爲眾人模糊認知，或視爲古來遺風，或視爲未來自由的核心。因此，在印度烏塔爾省的薩哈蘭普爾(Saharanpur)，當地人口中有一支古加爾人(Gujars)，一向擁有強烈的獨立傳統，或所謂「騷亂不馴」、「無法無天」的傾向(這是英國官方的口吻)。古加爾的大田莊(Landhaura)，於一八一三年崩潰，十一年後，鄉間的日子艱難，薩哈蘭普爾人血液裡的「慓勇精神」，「便立刻升起，與其餓死，不如結夥自救，領頭者也是當地人，名叫卡魯亞(Kallua)。」於是一夥人開始在恆河兩岸幹起打家劫舍的勾當，商人(banias，專事貿易及放債的種姓階級)、過旅、德哈敦(Dehra Dun，編按：印北山間城鎮)的居民，無一能倖免。「達寇的動機，」報上以爲：「恐怕出於眞正爲劫掠而劫掠之意少，希望能重返當年無拘無束、法外逍遙、不受任何權威管制的心願多。簡單一句話，武裝盜匪的存在，並不只表示破壞法律，反抗的意味更強烈。」[4]

自立山頭之外，卡魯亞還與另一個重要的稅吏(taluqdar)結盟，後者控有四十個村落以及其他心懷不滿的鄉紳。他們自己這一夥的行動，不久也擴大範圍，開始向警察站進行攻擊，不但從兩百名警衛人員手裡搶來財物，還大肆劫掠巴望普爾鎮(Bhagwanpur)。接下來，他便自稱格利揚王(Raja Kalyan Singh，編按，格利揚位於孟買東北，Singh 爲剎帝利階級男子之尊稱)，並開始以君主姿態派員索貢。如今他手下有一千人馬，宣言將推翻外來統治的重軛。最後被兩百名廓爾喀軍隊(Gurkhas)打敗，「事先還擺出令人不能置信的派頭，在要塞外面等待對方出擊。」亂事拖到第二年(「年頭又不好，於是又有了新的來奔人口」)，然後方才慢慢廓淸。

不管是意欲奪位，還是打算正式取得統治地位，使革命具有合法性質，這一類強盜首領都是常出現的人物。俄羅斯哥薩克人的眾頭目們，可能是其中最難對付的例子，他們的大頭目，常被視爲能行奇事的大英雄，即使算不上天神下凡、爲民解倒懸之苦的「窮人沙皇」，起碼也跟領導神聖俄羅斯大地對抗韃靼統治的鬥士差不多——所謂窮人的沙皇，意指深知民間疾苦的好沙皇，特來取代屬於王室特權階級(boyars)和士紳階級的壞沙皇。十七、八世紀間沿窩瓦河下游河谷起來大暴動的農民,即是哥薩克人——如布拉溫(Bulavin)、包洛特尼可夫(Bolotnikov)、「史丹哥」拉辛(Stenka Razin,民謠中的大英雄)、普加喬夫(Yemelyan Pugachov)——而哥薩克人,正是當時自由農民化身的強盜。他們一方面如印度的格利揚王一般,稱孤道寡,頒布敕令;一方面也如一八六〇年代義大利南部的強盜,完全的強盜本色,燒、殺、擄、掠,一把火燒掉象徵爲奴爲隸的契約,可是除了掃清執行壓迫的機器之外,卻沒有任何積極建設的藍圖。

強盜而行革命、而主導革命走勢者極少。我們已經看見(頁一五一七),原因出在他們受到技術與意識形態兩方面不足的限制。因此,他們最多只能是幾十人的暫時集合,超過這個數目,長過這個時間,就難以爲存爲繼了。而其內部組織,也缺乏足以做爲推諸全社會皆準的模型。即使人數龐大,年月悠久,動員紮實如哥薩克者,也只能提供個別的領袖人才,卻不能爲大型農民起義提出任何有效模式:他們是以「人民沙皇」的地位,而非哥薩克「頭目」(atamans)的身分,將眾人動員起來。因此,在多重性質動員的大事件裡,強盜只是眾多力量中的一支而已,而且它也很清楚自己分乃從屬,不居主導地位。只有一件事除外:它爲革命大事提供作戰的兵源將材。革命爆發之前,借用一位專門研究印尼農民暴動的歷史名家所言,「它宛如一只坩鍋,從中冶鍊而起的,一方是宗教式的復興，一方是造反性的民變。」❺隨著革命事起，各地亂流便一發不可收拾，甚至匯爲一股：「藍波克黨如雨後春筍冒出，迅即帶動大批流民徒眾追隨，狂熱地以爲救世主(Mahdi)將臨，千禧年將至。」(以上係形容一九四五年日軍敗退後爪哇革命運動的情狀❻。)然而，若盼望中的彌賽亞未來，又不見各種人間雄主出現——如天縱英明的領袖，「正統君主」(或任何有意取而代之者)，或以印尼爲例，由蘇卡諾(Sukarno)領導、接壤於這場運動的民族主義知識分子們——一場沸騰的現象便會逐漸淡去，最多只能在深山野林裡留下一些後備式的游擊行動。

然而，當群盜蜂起、人民望救主如雲霓般紛起動員的熱切景象達到最高潮之際，一股促使國家建立、社會轉型的力量，往往也會油然而生。在習於朝代更替、勢力興衰的傳統社會裡，政權的轉移並不會造成社會基本結構的改變。分合流變之際，士紳、貴族、官宦、吏員，也許能慧眼辨識大變將臨的徵兆，認爲時機已到，識時務者應該立時把握方向，轉向那最後勢必號令天下的「成者爲王」效忠，各路人馬也紛紛倒戈換邊。於是天命所歸的新朝代應運而生，良善百姓重回舊日生活，滿懷安居樂業但至久終必破滅的希望，喧鬧一時的眾盜黨也風流雲散，只成法外亡命之徒；就連先知也聲音微弱，無人再聽。比較不尋常的例子也有，偶爾會出現一兩名彌賽亞般的人物，領導著建立起一座暫時的新耶路撒冷。場景若換成現代，一場大勢可能由革命運動或組織接手。但是革命得勝之後，盜匪也同樣氣勢不再，變成社會的邊緣人以及舉足無毫輕重的法外徒，與其他守舊派、「反革命」一起做最後的抗拒與掙扎。

現代革命的性格，與古老道德社會相去如此遙遠，生於後者的社會型盜匪，到底如何與之協存？在追求國家獨立的運動下，答案比較簡單，因爲這個目標、這個心願，猶可用舊式政治的語彙表達，儘管兩者在實質意義上幾乎毫不相干。因此，強盜與革命可以輕易配合：如朱里亞諾搖身一變，成爲無神論共產黨的打手及西西里分離運動的鬥士，照樣駕輕就熟。至於不求現代國家獨立，只是國族抵禦外侮的運動，更是常見強盜游擊隊伍與農民黨或教派團體相互爲用。高加索山區率眾抵抗俄羅斯侵佔的沙米爾(Shamyl)大教主，即是以穆里德教派(Muridism)在當地回民中的發展爲基礎而生①。即使到二十世紀初期，還有著穆里德教派及其他類似教派爲有名的愛國強盜塞林汗張目的說法，提供後者軍火、援助及思想教育(頁五一—二)：塞林汗也隨身帶著沙米爾的肖像。來而不往非禮也，同一時期在印古什(Ingush)山間興起的兩個新教派，也敬塞林汗爲教中聖人。兩派一支好勇，主張聖戰，一支好靜，不事武裝。動靜有異，信仰卻同樣狂熱入迷，可能都是由拜克塔什教派(Bektashi)分出來的❼。

「本土民眾」對「外來者」，「被殖民者」對「殖民者」，兩者之間，無須深思細辨，任誰也能看出其中衝突所在。一八四八至四九年革命事敗，匈牙利大平原的農民組成有名的駱查強盜游擊隊，這支反叛隊伍的興起，極可能肇因於奧地利政權得勝之餘，某些偶然舉措如徵兵、拉伕所導致（不想當兵，或不想繼續當兵，是出亡的常見原因）。可是這卻不改他們乃是「民族強盜」的身分，雖然他們對國家民族的解釋，可能和政治人士的看法大異其趣。有名的「古巴鄉間大王」加西亞（Manuel Garcia），傳說他有一夫當關之勇，曾理所當然地奉上銀兩孝敬古巴獨立之父馬帝（Marti）。不料後者卻斷然拒納，因爲正如多數革命人一般，馬帝很不以作奸犯科的匪黨爲然。加西亞於一八九五年爲人出賣被殺——古巴人至今認爲——因爲他有意投身革命，與之共存亡。

因此，獻身民族解放運動的強盜所在多有，尤其當這種行動，是起來抵禦外侮，或源之於傳統性的社會組織之際，更爲常見。相較之下，那些由學校教師、新聞人員提倡的外來新奇革命思想，就比較不容易號召他們了。在人煙稀少、一向難於治理的希臘山區，剋雷夫人等在解放運動中扮演的角色就比他們在保加利亞吃重。在保加利亞，大強盜如希拓夫投身爲國出力，是轟動一時的大消息。（不過希臘山區享有相當程度的自治，土耳其君主雖然派有阿馬托雷官長〔armatoles〕看管當地人民，至於執行與否，也視情況是否實際可行而定。而且，今天是阿馬托雷官長，明天很可能就搖身一變，成爲剋雷夫的頭子，反之亦然。）儘管如此，他們到底在民族解放行動中扮演著什麼樣的角色，則是另一個不同的問題。

但是如果這場現代社會、政治革命的主要動機，與抵抗外侮無關，強盜就比較格格不入了。這倒不是因爲革命的口號難懂。至少在基本原則上，自由、平等、博愛，土地、民主、共產，只要用他們了解的說法，強盜也能領會箇中宗旨。說起來，這些看似高超的理想其實並不難表達，因爲它們是明眼人都能看見的眞理，妙在任何人都能想到適當的字眼傳達。如殘酷的哥薩克大強盜蘇洛弗可夫(Surovkov)，在聆聽俄國作家巴伯爾(Isaac Babel)朗讀《眞理報》(*Pravda*)上的列寧演說後即曾嘆道：「只要是道理，誰聽了都有道理。」「問題是怎麼一針見血，他一上來，就直指核心攻去，就好像雞吃米一樣俐落。」但是癥結在於，這些明明可知、明明可鑒的道理，是城裡老爺的道理，令人一看就想到那些識字的大爺，想到那些不敬天不畏神的傢伙，想到騎在老百姓頭上的沙皇。換句話說，也就是那些與鄉下人民作對，或完全不能爲他們理解的惡勢力。

不過難歸難，也非完全不能交流。墨西哥革命之際，偉大的維亞就被墨國革命政治家馬德羅(Madero)說服來歸，成爲革命軍裡一員猛將；西方世界所有的職業強盜加起來，恐怕就數他的革命事業最爲顯赫。馬德羅的密使一來，他立刻便被說動。想想看，馬德羅家財萬貫，又知書達禮，如果他都能選擇站在人民一邊，足證其人無私，其旨純正。想我維亞，也是一條爲人民、知榮辱的好漢，身在綠林，竟蒙此請，也眞是極有面子極光榮的一件事，豈能再有半分遲疑？自當立刻獻出人馬槍枝，以供革命大業使用❽。

其他強盜的名氣也許不及他響亮，加入革命大業的動機卻大同小異。投身革命，並不是因爲他們深諳民主主義、社會主義，甚或無政府主義這些複雜深奧的理念(不過無政府也，倒一點兒也不難懂)，而是因爲「解民倒懸」這個崇高目標太容易懂了，再正確再明顯不過。而革命志士前仆後繼的大公無私、自我犧牲、全然獻身的偉大精神——換言之，他們個人表現的行爲——更在在證明其人不欺，完全地眞誠可信。因此，軍隊與監獄之中，便常出現政治信仰改變的現象，因爲這兩處是強盜與現代革命人最常碰面、最能以平等身分與互信精神相交的所在。現代薩丁尼亞強盜史上，便有幾個這樣的例子。同理，一八六一年間的波旁黨頭目，與投效加里波底帳下者往往是同一批人。加里波底其人，說話、行事，十足就是一個眞正的「人民解放者」。

因此，不論是基於思想理念或個人情誼，一旦強盜與現代革命的主戰者接上了頭，前者便可能以強盜或個別農民的身分，加入這場新式運動，一如當年他們同樣可能會加入舊式的反抗行動一般。於是馬其頓地方的強盜，便成爲二十世紀初期「馬其頓內部革命組織」運動的鬥士；而動員組織他們的村中教員，也仿效黑盜客游擊隊的傳統模式，組織其部隊結構。此外，一如萬丹匪盜加入一九二六年的共黨暴動一般，爪哇眾盜也紛紛追隨蘇卡諾領導的民族主義運動，或由共產黨率領的社會主義運動。至於中國強盜，則投身毛澤東的旗下，而毛本人，更深受中國人民起義的傳統影響。

怎樣才能救中國？年輕的毛澤東在「梁山泊」找到了答案，也就是「效法」《水滸傳》中那批恣意天地、快意恩仇的綠林盜❾。更有甚者，他還有系統地在他們中間招兵買馬。難道，這些人不也是英勇鬥士？他們不正是以他們自己的方法，做一場具有社會意識的戰鬥嗎？「紅鬍子」，那批在一九二〇年代依然活躍於中國東北大地的強悍馬賊，不也嚴禁手下欺凌老弱婦孺，卻命令他們專找官府中人及大人物下手嗎？可是搶歸搶，他不也三令五申，「如果此人官聲甚好，就留他一半財物；如果他貪贓腐敗，就統統搶光，一個子兒也不留」嗎？一九二九年間的毛家紅軍，似乎就充斥著這一流的人馬——亦即毛所謂的「沒有階級成分」之人，（根據他的分類，計有兵、盜、匪、丐、娼）。除了這群江洋大盜、法外之徒，當其時也，又有誰膽大包天，敢冒險參加如此一個不法組織？「這些人打起仗來特別勇猛。」早幾年，毛即有過觀察心得：「好好地帶，他們可以變成一支革命力量。」後來是否果眞如此？我們不得而知。不過這幫人的存在，倒的確爲初生的紅軍帶來幾分「流匪的味道與心態」，雖然毛希望在「密集教育」之下，假以時日，可以補此不足。

誠然，政治的覺醒與意識，無疑可以改變強盜的氣質。哥倫比亞的共黨農民游擊隊中，就有幾號這類人物（不過絕對只是少數），他們改頭換面，不再是原本打家劫舍的土匪。「當年俺還是土匪的時候」(Cuando bandoleaba)，便成爲漫漫游擊生涯之中，常可聽見的憶舊開場白。這個開場白的本身，就直指出此人的今昔之別。不過變歸變，毛澤東還是太樂觀了。個別的土匪，也許可以融入政治組織之中，但是強盜畢竟是強盜，集體而言，至少在哥倫比亞的例子如此，他們與左派游擊隊伍之間，還是不能水乳交融。

總而言之，做爲強盜，他們的軍事潛能有限，他們的政治前景更狹窄，從義大利南方的匪戰即可看出。這幫人最理想的行動組織與規模，最好不超過二十名。任何黑盜客強盜頭子，若擁有二十名以上的人馬，就非同小可，民歌、傳說都要特別指出傳誦不已。至於哥倫比亞一地，一九四八年後凡是大型的叛亂團體，都屬共黨組織，不可能是草根之眾。另如希拓夫曾記載，大盜易里歐(Ilio)面對二、三百名的可能兵源，就認爲做爲一支隊伍此數過眾，難以指揮，最好分成數部，他自己只要十五人即可。通常較大的隊伍，如藍彪部，下面都有小隊，或係個別隊伍的暫時集合。就戰術而言，這種做法不失正確，可是卻也顯示一個訊息：大多數草根頭目，無法裝配、供應、並指揮大規模的部隊；三五成群，可以靠個人強勢能力直接領導的數目猶可，過此，要藉組織統御者就力不能勝了。更有甚者，各家頭目都深恐大權旁落，拚命鞏固自己的領導權，就怕他人覬覦。甚至連藍彪最忠心耿耿的部下，素有「金髮小魔鬼」之稱的寇里斯哥(Corisco)，雖然始終情繫故主，畢竟還是在和他吵了一架之後，帶著手下遠走，另立山門。一八六〇年代波旁黨派出的特使、密探，儘管想方設法整頓強盜團體，希望他們能夠有紀律、重統合，卻如有過同樣努力的前人一般，成效始終不彰。

政治一面，如我們在前面所論，強盜更無法爲農民提出一套可行的方案。更有甚者，強盜尷尬曖昧的身分，不左不右的處境，更難使他們在革命大業中有所作爲。他們夾在有權有勢者與貧窮百姓中間，看似人民之子，卻又瞧不起那些軟弱無用的順民。在正常情況之下，他們又得依存於現有社會、政治體制的夾縫或邊緣之中——而非靠反體制——生存。他們也許有著兄弟義氣、自由社會的夢想，可是強盜起事，最大的成就目標，卻在本身也成爲土地擁有者，一如有田有產的士紳階級。大盜維亞最後退出江湖，就是以大地主(hacendado)終老。做爲一名拉丁美洲有抱負、有出息的軍事強人(caudillo)，這個結局就是最自然最好的報償了(當然，有過做強盜的出身與舉止，這樣的大地主總比白皮膚的混血貴族受歡迎)。而且不管怎麼說，嘗過了英雄式的江湖闖盪、無法無天的搶匪生涯，實在很難再適應革命志士那苦行僧般、又沒有光彩的組織生活，革命完成後的法治世界同樣難以忍受。巴爾幹半島的諸盜裡面，就少有人在他們參與解放後的國家裡面擔任重責。徒留下革命前馳騁山間的光輝記憶，與民族抗暴的風流餘緒，反為處在新政體新國家裡的暴徒流氓，加上了一環愈來愈可笑、愈來愈不合宜的光圈，成爲敵對政黨手下的政爭工具，幫他們私底下兼營一點搶劫綁架的勾當，無用時即任其宰割。充斥著剋雷夫神祕氣氛的十九世紀希臘，就因此成爲一具巨大的分肥機器，人人欲分一杯羹而食之。羅曼史、民間故事、愛慕希臘者，一向給高地強盜抹上一層歐洲色彩。可是一八五〇年代，當亞鮑特(M. Edmond About)獲知大盜羅伊卑劣的眞面目時，其震驚程度，遠超過有關剋雷夫光榮傳說中的誇張言詞所令他感到的訝異。

因此，強盜對現代革命的貢獻相當模糊不確，即使有也相當短暫。這的確是他們的悲劇。做爲強盜，他們最多也只能如摩西般，對應許之地可望而不可及，看得到，卻進不去。阿爾及利亞解放戰爭始於奧雷斯(Aurès)荒山，正是典型的革命開端地，也是傳統的強盜區，可是最後贏得獨立者卻是完全非強盜性質的民族解放軍。再看中國紅軍，先前雖有強盜成分，很快地，其編制也脫離強盜色彩。諸如此類的例子還有很多。墨西哥革命有兩股主要的農民成分：一是北方由大盜維亞領導、標準以強盜爲骨幹組成的運動；一是莫雷洛斯省(Morelos)，由薩帕塔(Zapata)領導，與強盜完全大異趣的農民暴動。套用軍事術語來看，維亞在全國性舞台上扮演的角色遠比後者吃重，可是墨西哥的局勢，甚至連維亞本身控制下的西北地區，都不因他的重要性改變分毫。而薩帕塔的運動只是地區性的事件，主其事者在一九一九年被殺身亡，其軍事力量更無足輕重。可是這一場動亂，卻爲墨西哥革命注入了土地改革的成分。強盜，徒然爲軍事強人與英雄傳奇提供來源——雖然這個傳奇非同小可，因爲他是本世紀墨西哥眾領袖中，唯一曾試圖進攻洋基佬(gringos)的傳奇英雄❿。可是從莫洛雷斯的農民運動之中，卻產生了一場「社會革命」，且是拉丁美洲史上眞正當得此名的三大社會革命之一。

---

❶J. Delumeau, *Vie économique et sociale de Rome dans la seconde moitié du seizième siècle*, Paris, 1957–9, II, p.557.

❷P. M. van Wulfften-Palthe, *Psychological aspects of the Indonesian problem*, Leiden, 1949, p.32.

❸J. Koetschet, *Aus Bosniens letzter Türkenzeit*, Vienna and Leipzig, 1905, pp.6–8.

❹*District gazetteers of the United Provinces*, Allahabad 1911, I, p.185.

❺Sartono Kartodirdjo, *The peasants' revolt of Banten in 1888*, Hague, 1966, p.23.

❻Wulfften-Palthe, op. cit., p.34.

❼Pavlovich, loc. cit., pp.146, 159.

❽cf. M. L. Guzman, op. cit.

❾Stuart Schram, *Mao Tse-tung*, Penguin, 1966, p.43.

❿有關這方面最戲劇性的例證，來自墨西哥米丘阿坎(Michoacan)高地的聖何塞(San José de Gracia)村落。該村一如墨國眾多村莊一般，在「基督我王」旗幟的帶領下動員起來「反對」革命，表達當地民意——此事屬於克里斯特羅(Cristero)運動之一部，詳見葛林尼(Graham Greene)所作《權力與榮光》(*The Power and the Glory*)。作史的傑出歷史學家指出，當地居民自然對「那些革命大人物」沒有什麼好感，只有兩人例外：一是總統卡德納斯(Cardenas, 1934–40)，因為他重新分配土地，並終止宗教迫害；另一人則為大盜維亞。「這兩人已成受人愛戴的偶像。」(Luis Gonzalez, *Pueblo en vilo*, Mexico DF, 1968, p.251)甚至到了一九七一年際，在該區另一風土背景極為類似的小鎮上(這種窮鄉僻壤，通常哪有什麼文風)，雜貨店裡還售有《潘喬維亞回憶錄》(*The Memoirs of Pancho Villa*)。

①編按：穆里德係指回教蘇非派神祕主義導師穆爾希德(Murshid)之信徒。該運動為一泛神祕主義回教運動，盛行於中亞及巴基斯坦回教地區。沙米爾為對抗俄國統治的高加索回教領袖，曾擔任伊瑪目(政教領袖)，因領導反對運動被捕，卒於阿拉伯半島。

第八章　強徵者

強盜論到最後，一定要看一看所謂「類強盜」（quasi-banditry）這類人物，亦指那些雖非羅賓漢世界出身，卻沿用羅賓漢行事手法，甚至其神話奇事的革命分子。其中有幾分出自意識觀念的原因，比方如巴枯寧（Bakunin）派無政府主義者，就對強盜存有幾分理想化的幻想，認爲他們——

是眞正、唯一的革命人——他們沒有佳言美詞，不誇講學問，不賣弄辭藻，他們不認命、不妥協、不氣餒、不屈不撓，是人民之子，是社會革命人，與政治無關，沒有任何身外之物。（巴枯寧語）

這些人的存在，也許正反映某些革命人的不成熟處，他們的意識形態雖新，卻仍然深陷在古老世界的傳統裡面。一九三六至三九年內戰結束後的安達魯西亞無政府主義游擊隊伍就是一例，這支隊伍在戰爭結束後，便立刻自然而然地走回舊日「貴族強盜」的老路；或如十九世紀初期的「日耳曼攔路盜」（German journeymen），把自己這個革命兄弟幫喚爲——想當然耳——「不法聯盟」（the League of the Outlaws），亦即日後馬克思「共產聯盟」（Communist League）的前身。（裁縫出身的基督教共產黨員魏特林〔Weitling〕，一度甚至眞的打算策動強盜軍發起一場革命戰爭。）另一個促使他們走上這條路的原因，可能出於技術性的因素，因爲游擊戰法的特性，有時不得不師法類似社會型盜匪的戰術，甚或鋌而走險，在私梟、恐怖分子、僞鈔犯、間諜、「強徵者」(expropriator)等非法勾當的邊緣，過起刀光劍影的驚險生涯。本章討論的對象，即以「強徵」一事爲主。所謂「強徵」也者，乃是一種飾詞或美稱，沿用已久，專指「以搶劫供應革命資金」的做法。

這種只求目的不問手段的做法，到底始於何時何地，目前尚無定論。肇始時間，可能發生在自由主義支持者與威權主義信服者在現代革命運動裡交會的一刻，亦即無套褲漢(sans-culottes)遇見雅各賓派(the Jacobins)，或巴枯寧加布朗基(Blanqui)。肇始地點，則肯定是一八六〇與一八七〇年代、最那充斥著無政府主義暨恐怖主義的帝俄沙皇治下的大環境。二十世紀初年的俄羅斯「強徵黨人」，最標準的配備是炸彈，從這項慣用手法即可看出其恐怖主義的源流。(反之在西方，不管跟政治或意識形態有沒有關係，搶銀行的傳統武器多爲手槍。)說起來，「強徵」一詞，與其是爲了粉飾搶劫的勾當，倒不如說係出於無政府主義者觀念混淆的心態：暴動與抗爭，犯罪與革命，他們一向辨不清楚其間的差異。這種正邪不分的心理，不但把流氓匪徒視爲眞正的解放義民，也把簡單的搶劫一事看成受壓迫者自動自發、強徵小資產階級財物的行爲。其實這只是一小批狂熱知識分子的囈語，眞正嚴肅的無政府主義者絕不屑爲，我們用不著怪罪他們。不過「強徵」一詞也慢慢褪盡意識色彩，成爲純粹的專門術語，專指爲了有意義的目標搶錢，搶的對象——這一點意味深長——通常是非個人性的金錢勢力象徵，銀行。

諷刺的是，眞正使「強徵」這項丟臉行爲在國際革命運動舞台上招來醜名的始作俑者，倒不是各地無政府主義者或俄羅斯民粹派(narodnik)恐怖分子直接下手搶劫的行動，反而是布爾什維克黨人(Bolsheviks)在一九〇五年革命期間及其後的作爲，尤其是一九〇七年有名的提弗利司(Tiflis，又名Tbilisi，喬治亞共和國首都)大劫案。這一次出手，爲布黨帶來二十萬盧布淨利的進帳，可惜運氣不佳，劫款都是大額鈔票，追蹤極易，害得一批獻身革命的流亡者用它們找零錢時，馬上被西方警察找上門來。這批倒楣人士包括日後擔任蘇聯外長的李維諾夫(Litvinov)，以及日後主管蘇聯外貿的克拉辛(L. B. Krassin)。搶錢的勾當，是用來攻擊列寧的好罪名，因爲俄羅斯其他社會民主黨派向來疑心列寧有布朗基派的傾向；這項罪名也是教訓史達林的好例子，因爲做爲外高加索山區(Transcaucasia)的布黨黨員，史達林與此事牽涉甚深。其實，這些指控有失公正。列寧領導的布黨人士與其他社會民主黨派並無不同，唯一的差異，只是前者不指責任何形式的革命手法；爲了革命，一切都好說，包括「強徵」在內。說得更透徹一點，列寧等人只是沒有放官腔，說場面話來譴責罷了。事實上我們都知道，這種見不得人的勾當，不但非法的革命分子爲之，各式從簡單到複雜的所謂政府只要認爲有必要，也照樣爲之。列寧還使出渾身解數，設計了一套精微的理論系統，爲「強徵」手法與一般犯罪以及非組織性的強盜行爲劃清界限：強徵，必須在組織領導，以及黨的授意之下方可爲之，而且是在社會主義思想教育的架構中進行，庶幾可以免陷於犯罪及「濫用」的墮落境地，並只可以國家財產爲對象云云。至於史達林，一向缺乏人道精神考量，做起這種事來自然沒有任何顧忌，可是，他也只是執行黨的政策罷了。而且眞要說起來，在向來動盪混亂、動不動就拔槍相向的外高加索區地面上，強徵事件發生的次數既非最頻，規模也非最大。搶額數字最高的紀錄，可能要歸一九〇六年的莫斯科，一場行動，淨收了八百七十五萬盧布。論次數，則拉脫維亞(Latvia)數第一，至少，當地布黨報紙甚至公開承認某些收入來自「強徵」(社會主義報刊通常都明列捐款筆數及來源)。拉脫維亞可說是最嗜用這種「不爲己利」之搶劫手法的地區了。

因此，從布爾什維克的「強徵」行爲入手，並不能讓我們眞正掌握這種「類強盜」行爲的眞義。對於一九六〇年代盛行於部分拉丁美洲各式革命分子中間的出名強徵事例，筆者也所知甚微，無法在此陳述。所有這一切由正宗馬克思信徒執行的搶劫，只證明了一件事，這類行動似乎對某種好戰分子甚具吸引力。這種人，雖然也渴慕能登入廟登，對國會演講，發表高蹈的理論文章，擔任地位崇隆的工作，可是眞正讓他稱心舒坦的生活，卻是手拿一把槍，沉穩如山的風度。已故的亞美尼亞

(Armenia)恐怖分子「卡莫」特佩特羅辛('Kamo' Semyon Arzhakovich Ter-Petrossian, 1882–1922),驍勇善戰,與布爾什維克共生死,就是這一類政治型的槍手。他雖然是提弗利司強徵行動的總策劃,可是本人卻堅持原則,每日個人花費絕不超過五十個銅板以上(copeck,譯按:俄國貨幣單位,一個銅板等於百分之一盧布)。待革命內戰結束,「卡莫」終於一償心願,接受正式的馬克思理論教育,可是沒多久他就感到厭倦,渴望重回刺激暢快的行動生涯。結果因自行車意外英年早逝,說起來,可能是他的運氣,否則以他的年紀,加上接下來年月裡蘇聯的氛圍,一定與他舊布爾什維克的氣質格格不入。

讀者諸君若對這一類意識形態型槍手沒有多大認識,最好的方法,就是以其中一位為例速寫,定能對「強徵」現象有所心領神會。筆者在此為讀者挑選的對象,是二次大戰之後,曾以法國為基地攻擊加泰隆尼亞的眾多無政府主義游擊隊中的一名:薩巴德(Francisco Sabaté Llopart, 1913–60)。這些游擊隊伍的成員,如今幾乎不是已死就是下在獄中,如:法塞里亞(José Luis Facerias),原是巴塞隆納的侍者(眾人中可能以他最為聰明能幹);卡戴維拉(Ramon Capdevila),人稱「焦臉」(Burnt-face),是名拳擊手(可能是最強悍、最能纏,也最長命的一個——直到一九六三年才死);還有外號「衣索比亞佬」的帕雷士(Jaime Pares 'El Abissinio'),工廠操作員潘那度(José Lopez Penedo),「古巴佬」羅德里格斯(Julio Rodriguez 'El Cubano'),馬丁內斯(Paco Martinez),「警長」葛魯亞納(Santiago Amir Gruana 'El Sheriff'),「亞疣」馮特(Pedro Adrover Font 'El Yayo'),年輕、老是吃不飽的「特拉加霸」貝德雷洛(José Pedrez Pedrero 'Tragapanes'),還有堅持反戰理念、雖然參加搶銀行的行動,卻從不帶武器的艾斯巴亞加斯(Victor Espallargas)。另外還有多人,他們的名字,如今只存在警方的檔案,家人的心頭,以及某些無政府主義好戰派分子的記憶深處。

巴塞隆納,那山嶺起伏、崚峭險峻、普羅大眾起義的熱情澎湃之都,是薩巴德等人的大本營。他們對當地山陵地勢瞭如指掌,隨時可以出入自如。強搶的計程車、偷來的私用車,是他們的交通工具,巴士站的長龍、足球場的入口,是他們祕密會晤的場所。他們的標準裝束,是一襲從都柏林到地中海眾家都市槍手的恩物——雨衣;他們的手上,則是一只購物袋或手提箱,用來藏放槍枝或炸彈。完全無政府的最高「理念」,是他們的行事動機;這種毫無妥協、全然瘋狂的念頭,雖然也爲我們許多人所共有,可是很少人會真正付諸實施——只有西班牙人例外,而他們賠下的代價,卻是西國工人運動徹底地失敗不振。在這一夥人的世界裡,眾人行事只憑良心,只由道德主導,沒有貧困,沒有政府,沒有監獄,沒有警察,沒有強制,沒有懲戒管教,只有心頭那一點微明,沒有任何社會的羈絆束縛。只有兄弟之悌、友愛之情,沒有謊言,沒有個人財產,沒有官僚。在這樣一個世界裡面，衆人皆如薩巴德般全然潔淨，既不抽菸，也不喝酒（當然，吃飯時喝點小酒不計在內），即使剛剛搶完銀行，也如牧羊人般依然飲食儉簡。在這樣一個世界裡面，理性與教化使人脫出黑暗。這個理想不難，距離我們不遠，擋在中間的唯一障礙，只有那諸般邪惡的力量，就是魔鬼、資產階級、法西斯、史達林派，甚至包括那些自甘墮落的無政府主義者。這些障礙必須掃除，不過我們要小心，不要掉落那懲戒管教、官僚作風的魔鬼陷阱。這是一個道德家同時兼槍手、戰士的世界；需要槍，因爲它可以殺敵，也因爲它是這些無法下筆千言、無法雄辯滔滔者的唯一表達工具。他們以行動爲筆，取代文字的宣傳。

「奇哥」（Quico）薩巴德發現了這個「理念」，同時發現這個寶貝的還有千千萬萬巴塞隆納一整代工人階級的青少年（年齡從十三到十八歲不等），當其時也，正是一九三一年西班牙共和國宣布成立之後掀起的一片道德覺醒浪潮。薩巴德的父親沒有任何政治立場，在市立醫院（Hospitalet de Llobregat）擔任守夜，一家五個孩子，除了神經極度善感的璜（Juan）想要加入神職之外，幾個男孩都跟大哥培普（Pepe，一名裝配工）走上左派路線，如今已經死了三個。薩巴德自己是個水管匠，對學問沒有興趣，雖然日後他曾發憤讀書——因爲要當一名像樣的無政府主義人，就得把盧梭（Rousseau）、史賓塞（Herbert Spencer）、巴枯寧等人的大作朗朗上口才行。兩名上過法國土魯斯地區（Toulouse）大學預科的女兒，更令他引以爲榮，其實她們只不過會讀讀報紙而已。不過，他絕不是佛朗哥（Franco）政權所譏諷的半文盲，這種貶損他的說法，令他氣憤不已。

十七歲，薩巴德便加入解放運動的少年組織，與其他年輕的好戰分子一起在自由派學習會（Athenaeum）上受教，熱切地吸收有關解放眞諦的種種知識。因爲在當時的巴塞隆納，要成爲一名政治覺醒者，就表示你一定得成爲無政府主義信徒，一如在艾貝拉文（Aberavon，編按：即英國塔博特港〔Port Talbot〕）就得加入工黨一般。然而人的一生都已命定，老天已經替薩巴德規定好了他日後的眞正志業：就像有些女人，只有在床上才是完整的自己，有些男人，只有在行動中才能完全實現自我。厚重的下巴，兩道大濃眉，結實粗壯的身材（使他看來比實際矮小，其實，他的肌肉並沒有外表看來壯碩），薩巴德就是這種要靠實際行動才能證實自己的人，不動的時候，反而笨手笨腳，沉不住氣，根本就坐不久。坐在咖啡館裡，也像任何一名好槍手般，要找個有掩護的座位，總之既可以盯住前門進口，又近後門出口才行。但是一拿起槍站到街口，他就完全變了一個人，從容自如，甚至可說有幾分粗獷的煥發風采。同志形容他這種時候簡直「氣定神閒」（Muy sereno），自覺勇氣、運氣十足，對自己全身的反應、直覺也都有充分把握。這種天生的直覺感，雖然可以靠經驗加強，卻絕對不可能無中生有。若沒有這種驚人的天生性情，任誰都不可能持續二十二年亡命生涯，其間只有因間歇入獄，方才偶爾中斷。

幾乎從一開始，他便成爲少年解放軍行動組織的一員，與警察作戰、暗殺反動派、救獄犯、搶銀行(好幫忙辦報紙)，正常的籌款方法必然行不通，因爲無政府主義信徒一向討厭組織化的作業。不過當時他的活動範圍只限於地方性。及至一九三六年間，此時的他已有老婆，是瓦倫西亞(Valencia)地方的一名女傭，跟他一樣是渾然簡單的個性。這時他仍然只是醫院革命委員會裡的一員，其後加入賈西亞(Garcia Oliver)領軍的「少年鷹隊」(Los Aguiluchos, the Young Eagles)，擔任一名百夫長，職如其銜，帶管百名手下。但是他正統的領導統御能力顯然有限，不久就被調差改理軍械。這個差事果然讓他一展所長，因爲他嫻熟槍枝火藥，而且又天生具有機械細胞，不下於他的作戰天分。他是那種可以廢物利用，自己徒手造出一輛摩托車的人。他始終不曾升任軍官。

薩巴德一路默默地隨著縱隊作戰(後併入由霍佛〔Gregorio Jover〕率領的第二十八阿斯卡索〔Ascaso〕師)，一直到特魯耳(Teruel)之役。隊上的特別游擊任務，從來不曾用他，可見他這方面的天分未被發掘。特魯耳會戰打到一半，他開了小差，是正式也比較可信的說法，是他和共產分子發生爭執。他回到巴塞隆納帶領祕密活動，就實際意義而言，終其一生都未放棄這種生涯。

在巴塞隆納地區，他對「史達林—小資產階級聯合陣線」(Stalino-bourgeois coalition)的第一場宣戰，是與（共和國的）警察小有接觸，救出一名受傷的同志。第二次——此時他仍在無政府主義少年防衛團（Youth Committee of Defence）的指揮之下——則是救出四名一九三七年五月起義後在監的同志。再下來就輪到他自己被捕了，關在蒙惠克（Montjuich），準備逃獄。在他被移往維琪監獄時，妻子偷偷送進一把槍，就靠這把槍，他打出監獄脫逃。此時他已是在案的逃犯，同志只好把他送到無政府軍隊的另一處前線（第二十六杜魯地〔Durruti〕師）避風頭，在那裡一直待了下來。在此，要對非無政府主義者的讀者說明，雖有這些出人意表的曲折，薩巴德對共和國的支持，以及對佛朗哥的敵意，始終不曾有任何動搖。

戰爭結束了。薩巴德免不了在法國集中營蹲了一陣子，出來後在安古蘭（Angoulême）附近做裝配工（長兄培普位至軍官，早已被捕關在瓦倫西亞獄中；幼弟馬諾羅〔Manolo〕還不到十二歲）。然後德國佔領軍又找上了他，迫使他再度遁入祕密生涯。可是他跟其他西班牙難民不同，抗德並不是他活動的重心。西班牙，唯有西班牙，才是他關心的所在，才是他一片熱血傾注的對象。大約在一九四二年左右，他回到法西兩國的庇里牛斯山邊界，雖然身染重病，卻已經急於展開攻擊。於是從這一刻起，薩巴德開始自己單獨行動，在邊界進行偵察。

一開始，他以遊走各方的修理匠姿態，到山裡各處農場修理東西。接著，他又和一群走私販子混了一陣子。再下來，他為自己建立了兩處基地，並在其中一地——庫斯托吉(Coustouges)附近，抬眼就可望見西班牙的卡森諾伯莊園(the Mas Casenobe Loubette)——定居下來，假裝成一名小農。拉普雷斯特(La Preste)和克雷特(Ceret)兩地之間的邊境，從此成為「他的」地盤。那裡的曲折山徑、居民住家，他都瞭若指掌，並在此安寨立基、囤藏補給。然而也正因如此，界定了他的活動範圍，至終竟成他命喪之處，因為警察也知道他的行蹤必不出方圓數里。但從另一方面來看，這也是無可如何、命中注定之事。因為唯有效率精良的組織，才有辦法在伊倫(Irun)和波港(Port Bau)兩地之間，迅捷地將專人及游擊部隊送往任何地點。換做小本經營的手工游擊如無政府主義地下分子，自然缺乏這份能耐。他們只是一批當地人，出了賴以棲身的小地界，就完全摸黑，什麼都不知道了。薩巴德固然熟悉他的山區、他的地界，也知道有那幾條路可以通到巴塞隆納，更重要的是，他對巴塞隆納一清二楚，因為那是他的「采邑」。可是他的天地也僅限於此，無法在西班牙其他任何地方活動。

他的攻擊行動，似乎直到一九四五年春天才發動，不過在此之前，他曾擔任過幾次嚮導和聯絡的工作。當年五月，他在巴塞隆納城裡，從警方手中救下一名同志，於是開始聲名大噪。接下來的事件，更使他成為大英雄。原來他手下一支分遣隊引起巴尼歐拉(Bañolas)民兵部隊的注意，此地是他越過山區後的一處集散點。警察立刻開槍，接連不斷，薩巴德卻按兵不動一直到對方開始抄近才開火還擊，結果一個死，一個被他除武裝。然後他不動聲色地繞過警方追趕，一路從容不迫步行直入巴塞隆納。等他進了城，警方才知悉。他頭也不回，直接就走到同志們經常聚會的地點——一處牛奶站——發動突襲。薩巴德突襲的直覺實在精確到極點，看見四名工人裝扮的傢伙閒聊著慢慢朝他走來，其實正是警察，他一眼就看出來了。於是他也故意漫不經心，慢慢地向他們走去。說時遲那時快，在三十呎的距離處，他掏出他的輕機槍，瞄準。

警察與恐怖分子對陣，是武器，也是膽量的對決。誰比較怯場，誰就失去先機。一九四五年後薩巴德的強盜事業之所以有如此不凡表現，全在他特意把握住一個原則，佔住心理上的優勢，那就是只要情況許可，不退反進，向警察走去。那四名便衣警察，就是被他先聲奪人的氣勢亂了陣腳，趕忙尋找掩護，然後一陣盲目亂打，眼睜睜看他遁去。他卻始終未發一槍。

接下來的事，卻證明他畢竟還是經驗不足，脫身後竟立刻回家安排，打算和他甫出獄不久的兄長培普碰頭。家裡當然早就被監視了，不過薩巴德一進屋，只留了張便條，馬上從後門走了，跑到林子裡睡一大覺。此舉顯然令警方愕然不解。次晨，薩巴德又回來了，雖然嗅出氣氛不對，似有埋伏，可是爲時已晚，幾輛顯然是警車的車子已經堵住他的退路。他還是不慌不忙，漫步行過警車。他不知道的是，其中一輛車內，坐有兩名被捕的無政府主義分子，專程被警方帶來指認他。他們沒有這麼做，薩巴德從容續行，安然脫險。

英雄的角色，需要勇氣，這一點他已經證明了；英雄的頭腦，需要狡黠、敏慧；英雄的運命，還需要好福氣，或套用神祕的說法，需要有不死的金身。薩巴德嗅出了埋伏的氣息，得以安然全身而退，顯然做到了以上諸點。可是英雄的事業，還需要勝利的事蹟，這一層，他還未曾證實——除非殺警察也算——而且依理性標準，這也是永遠無法證實的一點。然而若依照窮人、被壓迫者和無知百姓的標準來看，由於他們的視野只有市中一區，最多不出他們的城鎮，因此一個人若能逃脫有權有勢有財者的網羅，能夠從獄卒、警察手下脫身，就是大勝利了。於是經此一役，即使在最具有判斷叛逆英雄眼力的巴塞隆納人中，再也無一人懷疑薩巴德的英雄資格，他自己更當仁不讓，以大英雄自居。

在一九四四到一九五〇年代初期，我們可看到一連串有系統的個別進擊由法國境內越過法西邊界展開，企圖推翻佛朗哥政權。其中一些爲患較烈的行動，則是由游擊隊主導。這個情況外界並不清楚，可是實情相當嚴重。根據共黨的官方統計，從一九四四到一九四九年間，游擊隊共發動五千三百七十一起攻擊，尤以一九四七年爲高峯，計有一千三百一十七起。佛朗哥估計游擊隊方面在最大一場行動裡面，死傷高達四百，地點在南亞拉岡（Aragon）❶。游擊活動的地域雖然遍及山區，在亞拉岡南北兩處尤爲活躍，但那支幾乎全部由無政府主義者組成的加泰隆尼亞游擊部隊，卻沒有什麼建樹，不似其他隊伍屢建軍功。因爲他們的組織太散漫，又沒有任何紀律，而領隊的幹部目光如豆，目標短淺。薩巴德運作的環境，就是這類無政府主義者組成的烏合之眾。

上層政治、策略、戰術，對他們這一類人發生不了任何作用，不但是不切實際的雲霧，而且還象徵不道德的手段。他們活在一個抽象的世界，裡面兩造對立，一方是持槍的自由人，另一方是警察、監獄，正如人間寫照。居間者則是畏縮不決的廣大工人群眾，有一天——也許就是明天？——在道德力量與英雄氣概的楷模鼓舞之下，群眾會齊奮起，形成一片浩大的聲勢。薩巴德等人，藉政治動機爲自己的行爲找到了合理化的基礎。他在某些拉丁美洲領事館裡埋下炸彈，以抗議聯合國某項決議；他用自製的火箭砲，向擁擠在足球場的群眾發射宣傳傳單；他攔劫酒吧，強迫眾人聽他播放反佛朗哥的錄音演說；他爲了這個那個政治理由搶銀行。可是了解他的人都知道，對他而言，行動本身才有眞正意義，遠大過行動帶來的效果。眞正打動他、刺激他、纏住他、魅惑他不放的念頭，是打進西班牙去，是警匪之間永遠的大對決，是陷身監獄的同志的苦況，是對警方的綿綿苦恨。外人也許疑問，這麼多隊伍裡面，爲什麼竟沒有一支人馬認眞去試著行刺佛朗哥，或甚至加泰隆尼亞的司令官呢？爲什麼他們的對象，只限於巴塞隆納當地的警察頭子金泰拉（Quintela）？因爲金泰拉是專門對付「不良分子」的大隊長，有人說，他曾親自下手，嚴刑拷打革命同志。薩巴德曾計畫暗殺他，卻發現另一組人馬也在進行同樣的行動。這種各自為政，個別行動的現象，在無政府主義圈子極爲多見，這也正是他們缺乏組織協調的表現。

因此，從一九四五年開始，這一類冒險事蹟層出不窮。根據官方紀錄（並非全然可靠），歸在薩巴德名下的攻擊行動在一九四七年有五次，一九四八年一次，一九四九年甚至高達十五次。這一年，也是巴塞隆納游擊史上最光榮也最淒慘的一年。那一年的一月，薩巴德一夥人接下了替一些獄中同志打官司籌措經費的任務。同志名單由人帶出獄外，卻被警察暗中跦線追蹤。二月間，培普開槍射殺了一名埋在暗處襲擊他們的警察，當時眾弟兄正在一家戲院門口祕會。事過不久，警方趁培普和潘那度熟睡中突襲，地點是擅唱佛朗明哥民謠的南方移民聚居的郊區托拉沙（La Torrasa）。夢中乍醒，兩人身上只穿著內衣，便在前門口和飯廳之間與警方展開一場槍戰。潘那度中彈死亡，培普身受重傷，幾乎是光著身子逃出，游過約夫雷加特河（Llobregat），搶了一名過路人的衣裳，連走五哩，方才脫離險境找到地方藏身，與前來會合的弟弟見面。後者找來醫生，看人將他送入法境。

三月裡，薩巴德和由亞拉岡青年組成的馬諾斯（Los Manos）隊伍攜手，一起去殺金泰拉，結果功敗垂成，只誤宰了幾名長槍黨（Falangists，譯按：一九四三年創於西班牙的法西斯黨）的小角色。（有人曾對警方發出警告，表示將對警方總部發動攻擊，警方雖然大駭，同時也有了預警準備。）五月間，薩巴德和法塞里亞聯手，在巴西、祕魯、玻利維亞各國領事館埋下炸彈，結果有人示警，薩巴德卻仍能鎮靜地拆裝其中一只，把定時裝置改爲立即引爆；其他炸彈，也都靠區區一根釣魚竿輕易辦妥。可是到了那年秋天，大勢已經在警方掌握之下。十月，培普一腳剛剛跨過一名警察的屍體，馬上又中了另一場埋伏，這一回，畢竟沒有逃過。同一個月裡，隊上另有多名弟兄陣亡。

到了十二月，薩巴德一夥兄弟已經死了三分之一。年輕的馬諾羅從來不懂什麼叫做「理念」，生平大志就是當一名鬥牛士(torero)，十幾歲的時候就離家跟隨安達魯西亞的鬥牛表演隊伍(novilladas)❷。幾名長兄的冒險事業，固然看來也同樣刺激有趣；不過兄長們不許他參加他們的工作，希望他好好讀書，有所出息。可是頭上冠著薩巴德這個姓，終究使他脫離不了同樣命運，凶勇出名的「焦臉」卡戴維拉便因此看上他招他入夥。卡戴維拉原是一名拳擊手，不知怎的忽然爲「理念」感召，放棄拳手生涯改從革命，如今是玩炸藥的專家好手，算是眾多游擊隊伍之中，難得不做無謂行動，知道自己到底在做什麼的少數。他破壞的目標，多爲機場塔台之類。年輕方才出道的馬諾羅沒有經驗，和警方一場小對陣後在山裡迷了路，結果被捕。就因爲他是薩巴德家的人，注定判了死刑，一九五〇年處決，只留下一只法國製的手錶。

不過此時薩巴德已經不在西班牙了。他惹的麻煩太多，尤其是跟法國警方的麻煩，使他離開了幾乎有六年之久。問題的開端是在一九四八年，一次他雇了一輛車（薩巴德出門，都選擇不妨礙他兩手辦事的交通工具）又上邊界去，這種行程他來來回回不知已經走了多少次，半路被憲兵（gendarme）攔下。結果一時糊塗，竟然衝出車外拔腿就跑。憲警找到他的槍，後來又在他位於庫斯托吉的農場上發現一大批武器彈藥、無線電通訊設備。十一月間，他被判處三年徒刑，及五萬法郎罰金。他聽從高人指點，提出上訴，一九四九年六月改判兩個月的輕刑，後來又提高為六個月，五年之內不准再去邊界，甚至從法國方面進去也屬非法。於是他遠離庇里牛斯山，在警方的看管下過了一段日子。

事實上，他在獄中待了一年才出獄，因為法國警方又把他跟另外一件更嚴重的案子扯上關係，也就是一九四八年五月隆普朗克（Rhone-Poulenc）工廠內發生的持械搶案，一名工廠守衛因此死亡。這種為了「正當理由」去搶資產階級，在法國里昂也像在巴塞隆納自家門口隨便就動手的作風，正是行動派做起事來，簡直不切實際到極點的又一典型例證，但是話說回來，這也是法國當局睜一隻眼閉一隻眼的姑息態度所致。（只有法塞里亞腦袋比較靈光，不做這種傻事，他在義大利，專搶非西班牙的銀行。）更要命的是，他們留下的蹤跡，簡直就跟飛機降落軌跡一般顯眼，這也是他們常鬧的笑話。所幸有極高明的律師辯護，薩巴德涉案一節始終不得證明；不過曾有一度，警方失去耐性，將他嚴刑拷打數日，榨出了他的口供——至少，他的律師指稱是逼供，事實上也不無可能。經過四次不予起訴(non-lieus)之後，一直到他死前都不曾結案。這件案子，不但給他帶來煩惱，也使他在以後兩年的大部分時光裡都待在獄中。

好不容易，麻煩事似乎暫時告一段落，薩巴德卻發現政局已非，跟他從前在的時候完全不一樣了。一九五〇年代初，各黨各派都放棄游擊手段，改採其他更爲實際的策略。主戰派開始落單。這是致命的一擊。薩巴德雖然頑固，死也不服從他不贊同的命令，但是基本上他爲人忠貞，沒有同志的精神支持，對他的打擊甚大，簡直要他的命。以後終其一生，他都不斷努力，想要贏回眾人對他的贊同，可是終歸無效。火上加油，竟然還有人邀請他去拉丁美洲定居下來，這簡直就好像不請奧塞羅(Othello)領軍，卻請他到巴黎去當領事一般可笑。於是一九五五年的四月，薩巴德重回巴塞隆納，一九五六年初，他跟法塞里亞搭檔，再一次聯手行動——不過兩名獨行俠不久又分道揚鑣——還辦了一份小刊物《戰鬥》(*El Combate*)，並赤手空拳，用假炸彈做幌子，一起搶了中央銀行一票。十一月間，他又出動搶一家大紡織廠「屋頂和瓦頂」(Cubiertos y Tejados)，得手的數字高達百萬元。

這事以後，法國警察在西班牙提供的線索相幫之下，再度踩上了他的線，破獲他在拉普雷斯特的巢穴，於是他再度鋃鐺入獄。一九五八年五月出獄，接下來幾個月，卻因爲潰瘍手術不當大病一場。此時法塞里亞已經被殺，薩巴德摩拳擦掌，開始策劃他下一次也是最後一次的攻擊行動。

這個時候的他，已經孑然一人，只有幾個朋友在身邊。甚至連「組織」也長他人志氣滅自己威風，頗有默然贊同法西斯與資產階級看法的味道，把他視做純粹的流氓強盜。友人也坦白忠告，再幹一場等於自殺。他已經衰老不少，一無所有，所餘者僅英雄頭銜，以及那份不死的熱情信念，但也就是這兩樣東西，卻使這名原本不善言詞的木訥好漢充滿了說服熱力。於是帶著這份旺盛的意志力，他不顧警方禁令，走遍法國各處的移民集會。只見他粗壯矮胖的身形，手裡一只鼓脹欲裂的手提箱，從不肯默默坐在會場角落。他可「不」是強盜。革命目標遠大，豈可就這樣子算了，西班牙若沒有鬥士怎成？誰知道，也許他就是西班牙的卡斯楚也說不定？你們這些人，到底懂不懂呀？

他湊了一點錢，說服了一批人跟他拿起武器(多數沒什麼經驗)。隨他出發的第一批隊伍裡面，都是一些年輕生手：有初涉江湖的銀行小職員米拉克雷(Antonio Miracle)；兩名幾乎不過二十歲的小流氓，馬德里加(Rogelio Madrigal Torres)和俞茲(Martin Ruiz)；一名三十歲、已婚，原爲無名小卒的柯尼沙(Conesa)，都是里昂地區及其西小城克勒蒙費宏(Clermont-Ferrand)附近的人。剩下的人馬，根本不及出發。他走前曾與家人會晤，可是沒有透露半點有關此行的口風，那是在一九五九年底。然後，他就去赴可能除了他自己以外，眾人都曉得只有死路一條的約會了。

我們只能說，他死得其所，照他的心願死得像樣。一夥人在離邊界不遠與警察遭遇，顯然有人告密。眾人奮力打了出去，兩天後又被包抄在一處孤僻的農場上，整整被圍攻了十二小時。月兒西沉之後，薩巴德扔出手榴彈驚起牛群，在一片大混亂中，最後一次殺死了一名警察，趁亂悄悄負傷溜走。此時同行的其他人都已經死了。兩天之後，一月六日，他在佛爾內(Fornells)小站劫持了一班從傑洛那(Gerona)開往巴塞隆納的六時二十分火車，命令火車司機一路不停往前直開。這是不可能的，因爲一到馬桑瑪沙那(Massanet-Massanas)，所有班車都得接駁電軌。這時薩巴德的腳傷已經開始蓄膿腐敗，他發著高燒，一跛一跛地，靠隨身急救包裡的嗎啡針注射勉強繼續走動。身上另有兩處受傷，一是耳後輕觸擦傷，一是肩頭的子彈穿口，不過沒有腳傷嚴重。一路並以火車人員的早餐果腹。

車到馬桑瑪沙那，他溜回郵車車廂，爬上新接駁的電車頭車頂，一路爬到駕駛車廂，把新上來的機員又挾持住了。他們告訴他，除非冒出事的危險，想要一路直駛巴塞隆納是不可能的。到了這個時候，我想，他已經知道自己死定了。

快到小鎮聖塞洛尼(San Celoni)之前，他命令司機減速，一躍身跳下車來。此時沿線警力都已接獲警示。他因高燒口渴難耐，向一名貨車車夫討酒喝，大口大口地咕嚕吞下去。然後又向一名老婦問醫生，老婦指點他到小鎮的另一頭求醫。診療室裡沒有人，他顯然敲錯了門，開門的貝倫格爾(Francisco Berenguer)見他形容枯槁，渾身未洗，一身工裝，還帶著手槍和輕機槍，自然大生疑懼不讓進門。兩人在街角這一頭纏鬥，那一頭卻來了兩名警察。爲了搶槍，薩巴德情急之下咬貝倫格爾的手——此時他已經拿不住機槍了——最後一次打傷了其中一名警察之後，終於不支倒地，死在聖何塞街(Calle San José)和聖特克拉(San Tecla)的街口。

「要是他沒受傷，」聖塞洛尼的人說：「他們絕對打不過他，因爲警察心裡有怯意。」可是最貼切的悼辭，卻來自他友人，一名西法兩國交界小城佩皮南(Perpignan)的砌磚匠。他在這文明小鎮鎮中央的維納斯女神(法國雕塑家馬約爾〔A. Maillol〕所塑)像前表示：「當我們年輕的時候，共和國才剛剛誕生，我們滿腔俠義，一肚子理想。然後我們都老了，薩巴德卻始終不老。他是天生的游擊隊。不錯，他就是西班牙那些唐吉訶德中的一位。」說的人很誠懇，毫無揶揄反諷之意，也許，事實本來就是這樣。

但是比任何佳言美譽都好的，卻是他最終獲得了所有強盜英雄、所有被壓迫者的鬥士所能獲得的最高獎賞：亦即大家不相信他眞的死了。他死之後的幾個月，一名計程車司機說：「他們說，他爸爸、他姊妹被找了來認屍，他們看了一眼，說：『這是別人，不是他。』」事實上「他們」當然錯了，可是精神上卻正確無比，因爲薩巴德其人，正是配得這種傳說的人物。更有甚者，像他這種人物，唯一可能的報酬，也只有英雄般的傳奇。不過，從理性實際的角度觀之，他一生所爲卻都是浪費。他從來不曾眞正做成過一件事情，甚至連搶劫所得，也因爲半私營的祕密生涯所費不貲而消耗殆盡——假證件、軍火、賄賂，樣樣都需要錢，剩下來可供宣傳的費用屈指可數。莫說實際，甚至連看起來，他都不像做成過任何事情，唯一的成就只有一件：就是任誰只要跟他沾上邊，就都必死無疑。一般爲叛亂行動合理化建立的理論說法，所謂只要有主觀的意志期望，自能發動利於革命的客觀環境，也不適用在他身上，因爲他和他的同志，從未有心造成更高更大的運動風潮。他們自己的說法則簡單得多，頗有荷馬英雄的風味——既然人心原本是良善、勇敢、純正的，那麼，只要看到奉獻、無畏的榜樣，而且只要看得多了，自然會慚愧萬分，從遲鈍、懶散的被動狀態脫拔出來。此言聽來不差，成功機率卻同樣渺茫。唯一的功用，只能製造神話、傳說。

薩巴德純正、單純，很適合成爲傳奇。他活時貧素，死時亦然；一直到他死時，這名赫赫銀行大盜的夫人始終是女傭一名。他搶銀行，不單純爲錢，而是像一名鬥牛士鬥殺他的猛牛，爲的是證明他的勇氣。他不似法塞里亞機伶，後者發現搶錢的最好時機，是淸晨二時的某類旅館——因爲那種時刻，鐵定有好夢方酣的殷實中產階級正擁著各種情婦高臥。這種時候去搶，被搶對象一定二話不說，乖乖交錢了事，而且絕對不敢報警❸。這不是薩巴德行事的風格。搶錢而不冒險，不是男子漢的作風——薩巴德往往喜歡在人手不足的情況下動手搶銀行，正是這個原因——反之，冒著生命的危險去搶，就某種道德意義而言，不也正意味著這是搶錢該付的代價嗎？他總是「向著」警察走去，這不只是一種穩健的心理戰術，也是英雄行爲。他大可強迫火車駕駛冒險直駛過站——雖然結果可能也對他自己沒什麼好處——可是他沒有這麼做。非不能也，是不爲也，這些人既未反抗他，道德上，他就不能讓他們冒生命危險。

要成爲公眾傳奇人物，這個人的輪廓必須單純。做爲一個悲劇英雄，他身邊的一切人、事、物，必須漸次離他而去，獨留他孤寂的身影，昂然面對天際那抹地平線，其他一切不存，徒留其人角色的精粹。就像孤獨的唐吉訶德，匹馬長劍，凜然對著他的風車；又似西部世界神話裡的獨行槍手，烈日當空，白光耀目，一人巍立在正午的空蕩大街之上。這也正是薩巴德屹立英姿。無他，他正應以這般形象，與其他眾英雄長駐眾人心頭。

❶E. Lister, 'Lessons of the Spanish Guerilla War (1939–51)' in *World Marxist Review* 8, II, 1965, pp.53–8; Tomas Cossias, *La lucha contra el 'Maquis' en España*, Madrid, 1956.

❷由小牛及初級鬥牛士出任的鬥牛表演。

❸事實上，碰上西班牙男人的英雄主義，連這種打包票的打劫方法都會失靈。曾有過一名有錢男子，大概想在年輕女朋友面前表現其男子氣概，竟然大膽抵抗，結果被殺。

第九章　盜匪的象徵意義

在以上各章裡面，我們已經看過社會型強盜的實象，並對有關傳奇神話也做了一番考量，主要是把它們當做反映強盜生活眞實面的材料，包括眾人公認他們應該扮演（同時也因此扮演）的角色、該有的價值觀，以及平常人該有（同時也因此而有）的理想關係等等。但是更進一步，強盜傳奇的流傳範圍甚廣，並不僅限於熟知強盜本人（或任何強盜）的小圈子。強盜也者，不只是一個人，同時也是一種象徵。強盜論研究末了，我們必須從這一層延伸的角度來看這個題目，其中有兩項特殊之處值得探究。

其一，強盜神話竟然在農民之中流傳，本身就值得玩味。因爲大盜們個人名氣雖然響亮，畢竟只得一時。因此膾炙人口的羅賓漢傳奇，固然可稱得上是強盜中的強盜，傳奇中的傳奇，卻是少見的例外。羅賓漢究竟是誰，爭議雖多，卻始終無法考據出眞正身分。反之，根據筆者對其他綠林英雄所做的考證，不管傳說中的神話意味多重，都有事實可考，可以追查到與某時某地某人的關係。而且要是羅賓漢確有其人，活動時間應該是在十四世紀以前，也就是羅賓漢傳奇系列首度以文字出現的時候。流傳至今，少說也有六百餘年。相較之下，本書提及的眾家強盜，除了中國古典小說裡的主人翁外，年代都與近世不遠。雖說最早的「史丹哥」拉辛，是一六七〇年代俄羅斯領導民變起義的領袖，可是十九世紀有系統採集而成的英雄詩歌，記載的則多爲十八世紀人物，可見十八世紀

公開處決儀式，屬於都市版的犯罪迷思，與社會型盜匪傳奇無關。這張畫泯滅了羅賓漢與特平、孟杭和卡杜什之間的不同。

的確是綠林強盜輩出的黃金年代：計有斯洛伐克的雅諾契克，安達魯西亞的哥利安提，法國的孟杭，蘇格蘭的羅伊，事實上還包括一些由罪犯變成社會型盜匪者如特平，卡杜什，申德漢等。甚至在巴爾幹地方，有關黑盜客、剋雷夫的歷史記載雖然可遠溯十五世紀，最早有名姓可循、以個人身分出現在希臘綠林傳奇中的人物，卻是一七四〇年代的米立歐尼(Christos Millionis)，以及活躍年代更晚的布柯瓦拉

(Bukovallas)。然而古早時候，必定亦有英雄若此，要說他們竟不得名留「青史」，爲稗官野史的民間傳奇傳頌，實在難以置信。可是爲什麼都不見他們？義師大盜如十六世紀的西亞拉等，一定也有過他們的英雄傳奇。不過當其亂世，群雄並起之中，至少曾有過一人的確成爲名垂後世的英雄人物：加泰隆尼亞的沙拉隆加(Serralonga)，一直到十九世紀還被後人傳頌不已。可是這卻是不尋常的例外。多數英雄，都已被人遺忘，他們的事蹟，都已湮沒，到底爲了什麼緣故？

一個可能的原因，出於當時西歐大眾生活文化發生變化，造成十八世紀盜匪神話繁多，可是，這卻不能解釋爲什麼同時間的東歐也有類似現象。另外一種說法，則是先天所限，口述文化的記憶短暫——而出名的綠林大英雄，正多是目不識丁的文盲——數傳之後，年代久遠，有關個別人物的記憶，便與歷代英雄的集體畫面結合，成爲一個聚神話與儀式象徵意義於一身的「超人」，剛巧爲這段時光總其成的末代英雄，如羅賓漢等，便從此與信史分離。但是，這還不能道出全面眞相，因爲口述歷史的壽命其實可以延續十代甚或十二代以上之久。李薇(Carlo Levi)即曾記載，一九三〇年代義大利巴西利卡塔地區農村的父老，猶能生動描述兩宗史蹟，語雖不詳，卻栩栩如生，如道身邊事：一件「近」在七十年前的強盜年代，一件「遠」在七世紀前霍亨史道芬(Hohenstaufen)王朝諸大帝的時代。可悲的是，成王敗寇，遠古時代英雄的大名之所以留存至今，是因爲他們並不僅是農民的英雄。大皇帝手下有文員、有史官、有詩人，他們身後留下巨大的石碑，他們代表的不是眾多遙遠角落的小民，而是國家、帝國，與全體人民。因此阿爾巴尼亞的史坎德培(Skanderberg)和塞爾維亞的克拉傑維奇(Marko Kraljevic)的史蹟，遂可以由中古時代一直流傳至今；而「牧者」米哈特和「牧羊人」安德拉斯(Juhasz Andras)卻湮沒不彰，雖然他們英勇無匹——

沒有槍火能近，
克羅埃西亞步兵(Pandurs)射出的砲球，
他空手便能接住。❶

大強盜勢力大、名氣廣，他的大名也比一般農民英雄流傳久遠。不過他並不是不死英雄，他之不死，是因爲不斷有繼起的米哈特、安德拉斯前仆後繼，持槍上山、下野。

第二件值得我們玩味的特別之處則比較不陌生。

強盜屬於農民階級，而且若依本書的立論，要了解農民強盜，就必須從農民社會爲背景入手。可是對讀者來說，這些社會的陌生遙遠，肯定不下於古埃及，它們在歷史上的命運，也一如石器時代般已經蓋棺論定。奇妙的是，強盜神話的魅力所及，卻遠超出它本身所從出的生長環境。這一點，實在令人不得不感到驚奇。治日耳曼文藝史的學者，甚至特闢一門「豪俠浪漫文學」(Räuberromantik, bandit romanticism)來形容這類作品。這個特置的說部，爲日耳曼(當然不止日耳曼)貢獻了許多作品，卻沒有一本是專門寫來供農民或強盜閱讀的。純虛構的小說英雄，如大盜林納狄尼(Rinaldo Rinaldini)或穆立塔等，就是豪俠浪漫文學一系標準的副產品。更令人驚奇不置的，則是英雄強盜傳奇的生命竟然還一路留存下來，依然活躍於工業革命文化的今天，出現在二十世紀都市生活的大眾媒體裡面。或以其本來面目，在電視影集中演出羅賓漢與眾家好兄弟的故事；或以現代詮釋，演出西部或黑社會英雄的版本。

在一些社會型盜匪現象猖獗的國家裡面，民間傳說之外，正統文化自然也不免反映盜匪一事的重要性。唐吉訶德作者塞凡提斯(Cervantes)即將西班牙著名的十六世紀大盜寫入他的作品；首創歷史傳奇小說類型的英國作家史考特(Walter Scott)，也屢屢著墨於羅伊。匈牙利、羅馬尼亞、捷克斯洛伐克、土耳其等國的小說，更不斷致力描寫眞實或想像的強盜英雄❷。反其道者亦有，一名現代派的墨西哥小說家，即曾迫不及待想要破解強盜迷思，特意把綠林英雄縮解成《弗里奧河眾盜錄》(*Los Bandidos del Rio Frio*)中普通罪犯的身量。在這些國家裡面，強盜迷思和強盜本身，都是現實生活裡的重要事實現象，不可能避而不提。

即使在已經高度都市化的現代國家，如果社會上依然留有一兩處「未開荒」或「西部」型的想像空間，強盜迷思徐徐不去亦不足為怪。這些罅隙、空檔，正好讓人想起一些想像中的英雄歲月，提供一處懷舊憶古的所在，象徵那些古老的、不復存的美德，有如精神上的文化保留地。正如馬克吐溫筆下的頑童哈克一般，當現實的文明生活禁錮得人喘不過氣的當兒，可以溜到這裡神遊幻想，尋得解脫。因此，正如澳洲畫家諾蘭(Sidney Nolan)筆下所繪，大盜凱利(Ned Kelly)依然騎在他的馬上，那幽靈般的形象，一身自家手製的盔甲，看起來令人又感威脅，又覺得他不堪一擊。只見他不斷來回巡梭於為烈日曝曬得慘白光禿的澳大利亞內陸大地之上，等待死亡的來臨。

強盜文學、強盜迷思、強盜印象，其中的意義，並不僅在記載當年落後生活的實象，更重要的是，它可以滿足科技社會現代人對已失的純眞、已往的冒險年代的渴望。當我們抽絲剝繭，將強盜的地域、社會架構一層層除去之後，可以發現藏在其中的核心成分：亦即一種不滅的情愫，一個永恆的角色。那就是自由精神、英雄主義，以及公義的理想。

羅賓漢的神話傳說，強調第一與第三項的自由與公義。從中古的綠林，到現代的電視螢光幕上，所長存者，正是自由平等人的情誼、不畏強權的勇氣，並為弱者、被壓迫者、被欺騙者伸張正義的

大盜凱利同時代人對這位身穿自製盔甲大盜的印象。

精神。高級知識文化版的強盜迷思古典作品，同樣也強調這兩項質素。席勒筆下的強盜，在林中歌唱自由生活的美妙，他們的頭目，高貴的卡爾穆(Karl Moor)，則甘願被縛，好讓一名窮人得到賞金。西部英雄及黑社會的電影，則著重於英雄主義，甚至筆走偏鋒，甘冒傳統道德主義將英雄性情局限於好人(至少也是插足黑白兩道)的大不韙。但是事實勝於雄辯，強盜的確勇敢，不但行動時勇氣十足，陷於敗境也依然英雄。他臨死不屈服，依然是好漢一條。無數由貧民窟、市郊出來的年輕男孩，渾身上下一無長物，老天只賜給他們兩樣珍貴武器，就是力量與勇氣，正可在英雄身上尋得充分認同。在一個自己不能當家作主，人人只依附餬口的社會裡，個人只不過是金屬機器的附件，或整個人類大機器的行動組件，只有強盜，倒能活著自在，死得像樣，始終有一身挺直的脊梁骨。我們前面也已看見，歷史上的強盜傳奇，並非每一件都能流傳後世，滿足都市小民的挫折幻夢。事實上，經過一傳再傳，少有幾件傳說禁得起農業社會演進入工業社會的數代傳譯，唯一能夠留存者，若不是由於它發生的時地接近當代，便是因爲早已經過「文學」——這個最能對抗時光流逝威力的媒介——上香抹油、預做防腐之故。講述藍彪的廉價大眾書，至今仍在聖保羅(São Paulo)摩天櫛比的高樓中印刷出版，因爲數百萬由巴西東北部移入聖保羅謀生的第一代人口之中，沒有一個人不知道這位在一九三八年被殺身亡的大盜，他死亡的年代，是今天三十歲以上諸人親身經歷的時代(譯按：本書作於一九六九年)。反之，二十世紀的英美人士之所以認識那「劫富濟貧」的羅賓漢，二十世紀的中國人之所以知道「重義輕財的及時雨宋江」，則全係拜書寫印刷之賜，才能將一地一時的口傳傳統，變成一種舉國皆知的永久形式長存。我們可以說，知識分子，是強盜傳說不滅的保證，有了他們，強盜的傳說方得流傳後世。

就某種意義而言，知識分子今天仍然在做這項工作。今日對社會型盜匪的重新開發挖掘，都是知識人、文化人不遺餘力的結果——文學界、電影界，甚至史學界也可算上一份。本書之作，就是這份再發現之旅的一部分，不但對社會型盜匪的現象試做闡釋，同時也盡力重現眞實的英雄人物：雅諾契克、駱查、多夫布斯、瓦塔奇、哥利安提、季亞諾(Jancu Jiano)、墨索里諾，朱里亞諾、布柯瓦拉、米哈特、安德拉斯、桑大農(Santanon)、沙拉隆加和加西亞，列之不盡的長串名單，都是英勇的戰士，迅捷若鹿，高貴如鷹，狡黠似狐。然而，除了少數幾人的名聲能出家鄉三十里地之外，沒有人知道他們。可是對斯士斯民而言，他們的重要性，卻不下於拿破崙或俾斯麥(Bismarck)，事實上，可能更勝拿、俾。不然，若是毫無分量的小人物，怎麼會有數百首歌謠吟詠其人？歌中又怎麼會充滿了引以爲榮、無限渴慕之情——

布穀已鳴，
在乾枯的枝椏，
他們已經殺了舒哈治(Shuhaj)，
如今日子要難過了。❸

因爲強盜一族，不同於書本所載的正史，卻屬於記憶中的歷史。有一種歷史，其意義不在記錄歷史事件，或促成歷史事件發生的歷史人物，卻在其象徵意義，代表著種種在理論上可以控制，在事實上卻無法掌握的因素；而這些因素，卻決定了貧苦大眾的一生。強盜，就是這種歷史的一部分，象徵著爲人民帶來公義的仁君、義士。強盜傳說，一直到今天依然能感動我們，其因即在於此。作者在此，願以奧伯拉契(Ivan Olbracht)的一段話爲本書做結，他對盜匪現象所下的註解，無人能出其右。

人對「正義」的渴求永遠無法滿足。在他的靈魂深處，對於不能滿足其正義需求的社會秩序，始終有著一份抗拒感。不管生存何時何處，他都對那個社會的秩序，或整個現實生活環境不滿，認爲它不公不義。人，就充滿著這股奇特、固執的驅策，對過去、現在、將來的種種事物，永遠不肯忘，永遠在思索，永遠要改變。在此同時，內心還隨時想望明明得不到的東西——即使用神仙童話的形式，獲得區區幻想式的滿足，也算一種解決辦法。也許，這就是古往今來，不分階級、宗教、民族，一切英雄傳說的基礎吧。❹

包括我們在內。因此，羅賓漢也是我們的英雄，並永遠是我們心目中的英雄。

❶A. J. Paterson, *The Magyars: their country and institutions*, London, 1869, I, p.213.

❷在此處我想到的有：莫里茨(Zsigmond Moricz)關於駱查的小說，以及衣斯特拉第(Panait Istrati)的《黑盜客》(*Les Haidoucs*)，凱莫的《鷹盜阿蒙》，捷克作家奧伯拉契的出色作品《大盜舒哈治》(*Der Räuber Nikola Schuhaj*)尤是。

❸I. Olbracht, *Berge and Jahrhunderte*, p.113.

❹I. Olbracht, *Der Räuber Nikola Schuhaj*, pp.76–7.

附錄　女性與盜匪

英雄愛美人，強盜迷女色，是眾所周知的事實。再加上男子漢大丈夫的面子與身分攸關，也不可不在這方面展現男子氣概的雄風，因此當女人遇上強盜，最常扮演的角色自然就只有愛人一途。而反社會的惡盜若要滿足欲望，還可用強暴補正當手段之不足，有時候，被害女性甚至噤聲不敢發一言。曾有一名哥倫比亞年輕女孩向游擊隊表示(其後她加入了游擊隊)：「他們說，他們要對我們幹盡所有這些壞事，好叫我們羞辱到一個地步，根本沒有臉對外張揚，而且，也讓我們看看他們的本事。」❶然而，正如馬基維利(Machiavelli)在許久以前說過，跟女人過不去，保證失去人心，因此江湖中人若想得民眾的支持或默許，就得克制一下自己本能的衝動。藍彪一夥人的宗旨，是絕對禁止強暴(除非有「正當理由」，所謂正當也者，想必是爲了懲罰、復仇、恐嚇之故)。政治屬性的農民游擊隊，對這一點執行得相當嚴格：「我們的規矩很清楚：游擊隊員強暴女性，一定軍法從事。」不過有一項不成文法，在強盜或游擊隊中間都行得通，那就是「如果事情是自然發生，兩廂情願，女方自己同意，就不成問題」❷。

通常最典型的安排，當然是女子等她的強盜愛人來探看她，一男多女的既成事實關係於焉而生。不過女孩子隨男人去過草莽動盪生活的也不是沒有，固然一般而言，強盜夥並不允許隨軍夫人成爲常態——藍彪等人可能是巴西東北區唯一這麼做的隊伍。但是即使把女人帶在身邊，遇上特別危險、爲期甚長的遠征任務，男人還是會不顧女人抗議，把她們留在後面。她們跟著去，是一種妨礙，因爲爲「尊重固定女伴起見」，大男人就不便做他逢場作戲的風流探險了❸。

身處強盜群中的女性，一般都謹守社會爲女性限定的角色。她們身上不帶火器，通常也不參加戰鬥行動。藍彪的押寨夫人玻妮塔，做得便是家常女性的活計：刺繡、縫紉、煮飯、唱歌、跳舞，以及在林中產子……能夠跟在丈夫身邊，她就心滿意足了。必要時她也會參加戰鬥，但是通常都只站在一旁，懇求丈夫不要去冒太多危險❹。不過藍彪手下大將寇里斯哥的老婆妲達(Dadá)就不一樣了，此女頗有馬克白夫人(Macbeth)之風，大有親自出馬帶隊做女大王的本領。一群男人中間，帶上極少數女人自然是很不方便的事情。因此要眾人自行約束只能靠兩種方法：眾人畏懼頭目威名，不得不從；或如農民游擊隊，由於具有高度的政治意識和嚴格的革命道德紀律所致。也許就是因爲這個緣故，歷來盜匪都不願意攜美同行，也避免與女囚犯有瓜葛。爲女人爭風吃醋，最容易瓦解袍澤義氣。

女性在盜匪世界還有第二種比較不爲人知的角色，那就是做爲支持者，並擔任與外在世界聯繫的橋梁。她們對家人、丈夫、愛人一定伸以援手。這點假定，在此就不必多做說明了。

女性的第三種角色，就是自己也下海當起強盜。眞正騎馬打仗的女土匪雖然並不多見，但她們在巴爾幹黑盜客民謠裡出現次數之繁（見第五章），卻也讓我們有足夠理由相信，至少在世界的某些角落，女人當強盜是一種存在的事實。比方在祕魯邊界省份皮烏拉，就有好幾名女強盜馳騁於一九一七至三七年間，任首領者亦有之。其中最有名的計有：丘盧卡納斯(Chulucanas)的芭兒瑪(Rosa Palma)，甚至連當時最有名的強盜頭子、人見人怕的弗洛衣藍(Froilán Alama)也要敬她三分；女同性戀盧衣莉雅絲(Rosa Ruirias)，來自驍勇好戰出名的莫洛朋(Morropón)；以及瓦帕拉斯(Huapalas)大牧場的女強盜芭芭拉拉摩士(Bárbara Ramos)，一家盡是綠林，不但兩個兄弟是強盜，男朋友也是同行❻。這些女子，均以善騎、神射、英勇出名。除了性別是女兒身，她們與其他強盜找不出任何不同之處。

安達魯西亞地方可以爲這種現象提供一個線索，在那裡，如以上所述的女強盜不但史有記載——如十九世紀盧塞那(Lucena)地方易男裝的忒拉芭(Torralba)，及「男人婆」瑪奎絲(Maria Márguez Zafra 'La Marimacho')均是——而且在強盜傳奇裡佔有一頁特殊地位，稱爲「山間女子」(serranas)❼。故事中刻劃的典型「山間女子」，之所以都鋌而走險當上強盜——尤以男子爲報復對象——是因爲她的名節被男人「壞」了，也就是不幸失身。這種以實際行動爲不名譽待遇雪恥的行動派做法，對女人而言，自然又比男人少見，居然連傳統社會也予承認接受，今天一些來勢頗洶的婦解女將當可告慰。當然，有關女強盜的課題，一如總體的盜匪現象，都有待進一步的研究。

其實在一些強盜因子強烈的社會裡，失身女性的報仇行動，通常都有父兄代爲達成。爲護「名譽」，尤其是女子的「名節」，在地中海及海外拉丁社會典型的盜匪鄉裡，可能正是促使其男子走上不歸路的一項最重要動機。因此那裡的強盜，綜合了風流客本身(Don Juan)與爲女報仇者(the Statue)的雙重角色。可是不管從任何一個層面而言，他的價值觀都不出他所處社會環境的共識。

❶ *Diario de un guerillero Latinamericano*, Montevideo, 1968, p.60.

❷ ibid., pp.60–1.

❸ M. I. P. de Queiroz, op. cit., p.179.

❹ ibid, p.183.

❺ C. J. Jireček, op. cit., p.476.

❻ V. Zapata Cesti, op. cit., pp.205–6. 這三名女盜的下落俱皆不明，當地被捕處死的眾犯名單中，雖有其他一些女子，

卻不見她們三人之名。R. Merino Arana, op. cit.

❼ Julio Caro Baroja , op. cit., pp.389-90.

延伸閱讀

除筆者所著《原始的叛亂》(*Primitive Rebels*, Manchester University Press, 1959)外，有關社會型盜匪的一般概括性討論並不多見。比較性研究既然不足，就只有查考各國或各區的專論一途。

義大利

長久以來在各國文學、藝術作品之中，義大利的盜匪是最出名的一群，有關的論文專著也最富。讀者不妨參考以下各文：

F. Ferracuti, R. Lazzari, M. E. Wolfgang, *Violence in Sardinia* (Rome 1970)：專治一區，附有十八頁長書目。

F. Molfese, *Storia del brigantaggio dopo l'Unità* (Milan 1964)：請特別注意第一部第三章。

Enzo d'Alessandro, *Brigantaggio e mafia in Sicilia* (Messina and Firenze 1959).

西班牙

Juan Regla Campistol and Joan Fuster, *El bandolerisme català* (Barcelona 1962–63).

C. Bernaldo de Quiros, *El bandolerismo en Espana y Mexico* (Mexico 1959).

拉丁美洲

尤以祕魯與巴西二國，盜匪文獻最富。

祕魯

E. Lopez Albujar, *Los Caballeros del delito* (Lima 1936).
E. Lopez Albujar, *Cuentos Andinos* (various editions).
J. Varallanos, *Bandoleros en el Peru* (Lima 1937).

祕魯軍警亦有許多祕密調查文獻，可惜都和多數祕魯刊物一般，極難取得。

巴西

對大多數讀者而言，有關巴西東北方的盜匪事蹟，參閱以下一書即可。

Maria Isaura Pereira de Queiroz, *Os Cangaçeiros, les bandits d'honneur brésiliens* (Paris 1968).

東歐

首先應注意者，欲研究東歐盜匪文化，若不諳當地文字勢難有得。

有關東歐盜匪的比較研究，可閱下書：

I. Rácz, *Couches militaires issues de la paysannerie libre en Europe orientale du quinzième au dix-septième siècle* (Debreczen 1964).

俄羅斯

Denise Eeckhoute, 'Les brigands en Russie du dix-septième au dix-neuvième siècle: mythe et réalité', in *Rev. Hist. Mod. and Contemp.* XII, 1965, pp.161–202.

Philip Longworth, *The Cossacks* (Constable 1969)··此書雖係論哥薩克，與盜匪文化不無關係。

保加利亞

Georg Rosen, *Die Balkan-Haiduken* (Leipzig 1878)··此書雖老，價值不減。

B. Tsvetkova, 'Mouvements anti-féodaux dans les terres bulgares … du seizième au dix-huitième siècle', in *Etudes Historiques* (Sofia 1965).

波士尼亞

A. V. Schweiger-Lerchenfeld, *Bosnien* (Vienna 1878).

塞爾維亞

G. Castellan, *La vie quotidienne en Serbie au seuil de l'indépendence* (Paris 1967).

烏克蘭

Ivan Olbracht, *Berge und Jahrhunderte* (East Berlin 1952)··此書爲其採訪見聞報導，亦是其精采小說的原始素材（見下文）。

亞洲

Jean Chesneaux, *Les sociétés secrètes chinoises* (Paris 1965)··此書專闢一章論亞洲盜匪。

K-C. Hsiao, *Rural China* (Seattle 1960).

Sartono Kartodirdjo, *The Peasants' Revolt of Banten in 1888* (Leiden 1888).

P. M. van Wulfften-Palthe, *Psychological Aspects of the Indonesian Problem* (Leiden 1949)··此書專論爪哇。

R. V. Russell, *The Tribes and Castes of the Central Provinces of India*, 4 vols (Macmillan 1916)··研究印度達寇強盜，可由此書入手。

其他

「已開發」國家的羅賓漢問題，可參考··

Past and Present, nos. 14, 18, 19, 20 (1958, 1960–1) by R. H. Hilton, J. C. Holt, M. Keen and T. H. Aston.

F. Funck-Brentano, *Mandrin*, (Paris 1908)··惟此書無甚可觀。

F. C. B. Avé-Lallemant, *Das Deutsche Gaunerthum*, 4 vols (Leipzig 1858–62)：此書內容豐富，可用做研究前工業化時期地下社會的入門書。

有關北美地區不法之徒的著作卷帙浩繁，在此僅提一書：

Kent L. Steckmesser, 'Robin Hood and the American Outlaw', in *Journal of American Folklore* 79 (1966, no. 312)：此書可做比較研究基礎，並附有書目可供參考。

傳記類書目

所幸者坊間亦有數部盜匪傳記、小說，甚至由強盜本人親筆所作的自傳。

希拓夫回憶錄，見 G. Rosen, op. cit.

M. L. Guzman, *Memorias de Pancho Villa* (Mexico)：此書版次極多，有英文譯版如下 *The Memoirs of Pancho Villa* (Austin 1965)。

Alberto Carrillo Ramirez, *Luis Pardo 'El Gran Bandido', vida y hechos del famoso bandolero chiquiano que acaparó la atención publica durante varios anos* (Lima 1970)：本書專論祕魯古典「俠盜」，錄有軼聞歌謠多則。

F. Cascella, *Il brigantaggio, ricerche sociologiche e antropologiche* (Aversa 1907)：書內收有「葛拉哥」自傳。

E. Morsello and S. De Sanctis, *Biografia di unban dito: Giuseppe Musolino* (Milan n.d.)：義大利同類犯罪學派作品。錄有甚多薩丁尼亞盜匪事蹟及憶往文字。

Estacio de Lima, *O mundo estranho dos cangaçeiros* (Salvador-Bahia 1965)：載有大量羅克回憶錄。

M. I. P. de Queiroz, op. cit. 這是另一本有關巴西強盜的第一手資料。

以上各項資料，有些雖已不易得，但因強盜本人敍述的記載難得，故一併列出。

Gavin Maxwell, *God Protect Me from My Friends* (Pan 1957)‥此書係關於朱里亞諾。

盜匪小說

Ivan Olbracht, *Der Räuber Nikola Schuhaj* (East Berlin 1953)‥堪稱同類小說中最精采者。

Yashar Kemal, *Mehmed My Hawk* (Harvin Press and Collins 1961)‥此書介紹土耳其強盜文化。

Pearl Buck tran., *All Men are Brothers* (New York 1937)‥賽珍珠譯自有名的《水滸傳》，欲窺中國強盜世界，此書必讀。

E. About, *Le Roi des Montagnes*‥此書道盡解放／光復後的希臘盜匪夢殘。

Walter Scott, *Rob Roy*‥引言所述歷史背景甚佳，對羅賓漢的描述也比同一作者所著《劫後英雄傳》(*Ivanhoe*) 較少謬誤。

強盜類電影

爲數甚多，卻都缺乏做爲歷史資料的價值，不過其中至少有兩部，對我們了解強盜的時代背景極有幫助‥

V. de Seta, *Banditi ad Orgosolo*.

Francesco Rosi, *Salvatore Giuliano*.

傳奇、詩歌

這類作品由於傳譯不易，更無法用西歐語言研究，不過以下二書選錄不少黑盜客歌謠，可供參考：

A. Dozon, *Chansons populaires bulgares inédities* (Paris 1875).

Adolf Strausz, *Bulgarische Volksdichtungen* (Vienna and Leipzig 1895).

以下二書介紹比較不見精采的希臘民歌：

John Baggalay, *Klephtic Ballads* (Blackwell 1936).

B. Knös, *Histoire de la Littérature Néo-Grecque* (Uppsala 1962).

語言障礙之不易，可由下面這部書看出：

J. Horak and K. Plicka, *Zbojnicke piesne slovenskoho l'udu* (Bratislava 1963)：書中收錄七百首強盜之歌，都來自斯洛伐克。

有關強盜傳奇的學術研究甚少，據筆者所知，最完整詳盡者爲：

Joan Fuster, *El bandolerisme català*, vol. II.

M. I. P. de Queiroz, op. cit：簡論一九五〇年以來，巴西強盜神話在當代的發展狀況。

Julio Caro Baroja, *Ensayo Sobre la Leteratura de Cordel* (Madrid 1969)：書中第十八章詳論西班牙強盜類大眾文學作品，因此含有許多有關西國強盜現象的重要資料與見解。

T

U

V

W

Z

I

J

K

L

M

一般索引

S

T

V

Z

L

M

N

P

R

盜匪索引

國家圖書館出版品預行編目資料

盜匪：從羅賓漢到水滸英雄 / 艾瑞克・霍布斯邦 (Eric J. Hobsbawm) 著 ； 鄭明萱譯. -- 初版. -- 臺北市 ： 麥田出版 ： 城邦文化發行, 1998〔民 87〕
面 ； 公分. -- (歷史選書 ； 21)
含索引
譯自：Bandits
ISBN 957-708-526-1 (平裝)

1. 盜賊

548.8 87002943